小説　ノイズ【noise】

黒木あるじ

集英社文庫

目次

小説　ノイズ【noise】

プロローグ

はるか遠くで、波の音が聞こえている。
岩を打ち、飛沫《しぶき》をあげ、海にこだましている。
だが——とどろきへ耳を傾けるうち、俺は気づく。
違う。
これは波なんかじゃない。
雑音《ノイズ》だ。
俺のなかでざらざらと絶えず響いている、忌まわしい音だ。
心を蝕《むしば》み、神経を苛《さいな》む噪音《そうおん》だ。

いったい、これはなんの音なのだろう。
自分にしか聞こえないのだとすれば内面のざわめきなのだろうか。
どんな感情が反響しているのだろうか。
欲望、憎悪、嫉妬。憤怒《ふんぬ》、殺意——。

いや、名前なんてどうでもいい。
問題は、たったひとつ。どうすればこの〈ざらざら〉を消せるのか——だ。
そして、俺はその方法を知っている。気づいている。
〈計画〉を成功させること。それしか、手はない。

だから、俺は待った。
絶好の機会が訪れるまで、ひたすら耐え続けた。
そして——今日。
ついに、そのときが訪れたのだ。
自分でも信じられない。
本当に、あの〈計画〉を実行に移す日が来るだなんて。
きっと多くの人間が死ぬだろう。みんな不幸になるだろう。
だが、それでも構わない。どんな結末を迎えようと、覚悟はできている。
なにを失おうが、誰を喪《うしな》おうが、ためらいはしない。

この雑音が——消えるなら。

第一章

I

到着を知らせる連絡船の汽笛に驚き、カモメがいっせいに飛びたった。

空中を舞う鳥たちの下には、タラップを次々に下りていく人々の姿が見える。

大きな風呂敷包みを背負った老人、キャリーケースを引きずる女性。多くは住民のようで、観光客らしき姿の人間はほとんど見あたらない。

そんな群衆を横目に、一台の白いミニバンが港をゆるゆると進んでいた。

運転席の男性——鈴木賢治《すずきけんじ》が、船着き場にならんだ幟旗《のぼりばた》へ視線を移す。

「ようこそ、黒イチジクの町……ししかり……じまへ」

無意識に幟旗を読みあげる。最近は、どんな文字でも声に出す癖がついてしまった。娘にも「お父さん、また朗読してる」としょっちゅう笑われるが、言葉にしないと頭に入らないのだから仕方がない。七十歳とはそういう年齢なのだろう。

「ちいさな島だとばかり思っていたが、けっこうにぎやかだな」

賢治が後部座席に向かって話しかける。だが、バックシートの男から返事はなかった。

男は、無気力な視線をぼんやりと窓の外に向けている。

不遜な態度を気にする様子もなく、賢治は島内に向かう道へハンドルを切った。にぎやかな港を離れたとたん、あたりの風景が一変する。瓦屋根のこぢんまりとした家々、入り組んだ路地。いかにも離島といった風情の街なみが続く。

未整備の砂利道では、島民らしき高齢の男女が談笑していた。鈴木たちが乗ったミニバンを見るなり会話を止《や》め、こちらを無遠慮にうかがっている。小規模な島のこと、住人はみな知り合いなのだろう。結束の高さがうかがえる反面、余所者《よそもの》には厳しい目を向ける土地柄なのかもしれない。

そんな建物も人も古めかしいなかにあって、港にも立てられていた幟旗だけがあちらこちらで不気味なほど鮮やかにはためいていた。

「猪狩島《ししかりじま》新名物、いずみ農園の黒イチジク……」

賢治が再び幟旗の文字を朗誦《ろうしよう》する。あいかわらず男は無言だったが、「いずみ農園」という単語の瞬間だけ、わずかに表情が変わった。

「ずいぶん力を入れとるもんだ。小御坂《こみさか》くん、生イチジクを食べたことはあるかい」

答えなど期待していないのか、賢治はそのまま話を続ける。

「干しイチジクも美味《うま》いが、生は格別だぞ。とりわけこの島の黒イチジクは絶品だ。以前、娘が高級スーパーで買ってきてくれてね。爽やかな甘味に、ほどよい酸味。親子ふたりで夢中になって食べたよ。あの味ならば人気が出るのも頷《うなず》ける。そんな〈島の名物〉を、君はこれから好きなだけ食べられるんだな。いや、羨ましい」

「……好きなだけ、食べられる」

後部座席の男——小御坂睦雄《むつお》が小声で呟《つぶや》き、そっと舌なめずりをした。

その仕草に賢治は気づいていない。


「……留守なのか」

三度目のチャイムを鳴らし、賢治はため息をついた。

目の前にあるのは、港からわずかに離れた古い住宅街の民家である。先ほどから何度となく呼びかけているものの、住人が出てくる気配はない。旧家然とした家は雨戸が開いており、縁側には陽光が降り注いでいる。人こそ住んでいるようだが、反応を見るかぎり不在らしい。

禿頭《とくとう》に浮く玉の汗を指で拭ってから、《泉》と書かれた表札をしげしげと眺める。

「ここで正しいはずなんだがなあ」

改めて住所を確認しようと、賢治は鞄《かばん》を開いた。

〈出所者の就労支援にご理解を！〉の文字が躍るパンフレットや、小御坂睦雄の履歴書が入った白封筒を掻《か》きわけ、ようやく「いずみ農園」のホームページをプリントしたコピー用紙を発見した。

「猪狩町奥富野《おくとみの》、一丁目……四の、十……」

紙を思いきり顔から離し、住所を読みあげる。ここ一年で老眼がますます進んでしまった。持病のリウマチも年々ひどくなっている。この様子では、まもなく車の運転もおぼつかなくなるだろう。

「ふむ……やっぱりここだなあ」

念のために約束の日時を確かめたものの、やはり間違ってはいない。

厭《いや》な予感が頭をよぎる。

まさか、土壇場で「犯罪者を雇うわけにはいかない」と方針を翻《ひるがえ》したのだろうか。

元受刑者が就職直前で不採用になることは珍しくない。保護司として彼らをサポートする賢治自身、何度となくそのような目に遭っている。社員が難色を示したり、地域住民から反対されたりと理由はさまざまだ。

もちろん先方にも言い分があるのは理解している。だが「今回も駄目だった」と出所者に伝えるときの心苦しさは、何度経験しても慣れるものではない。

諦めと悲しみともつかぬ、深い絶望を湛《たた》えたまなざし。

存在を否定する世間への憎しみが滲《にじ》んだ顔つき。

彼らの反応を見るたび、まるで自分が責められたような気持ちになる。

それでも昔はおのれを奮い立たせることができた。諦めずに交渉する気力があった。

しかし、気力も体力もそろそろ限界だ。いつ心が折れてもおかしくない。ひそかに、出所者支援は今回で終わりにしようと決めていた。

なのに——最後の花道がこんな形とは、なんと無情なのだろうか。

いや、弱気になるな、賢治。まだそうと決まったわけじゃない。お前がくじけたら、出所した人間は誰を頼るというんだ。

世のなか冷淡な人間ばかりじゃないさ。情け深い善人だっているはずだ。

あんたもきっと、そんな善人のひとりだよな——そうだろ、泉さん。

主《あるじ》のいない家屋をもう一度見つめてから、賢治は車に乗りこんだ。

汗を拭って、ドリンクホルダーに挿していた〈イチゴミルミル〉をひと口飲む。近所のスーパーで見つけた特売のジュースである。年金暮らしで贅沢《ぜいたく》もできまいと値段に惹《ひ》かれて買ったが、ベタついた甘さで却《かえ》って喉が渇く。見慣れぬブランドの商品は買うものじゃないと、いまさらながらに後悔した。

「やれやれ、最悪だ」

口にしてから、はっとする。

ジュースに落胆したつもりだったが、就職の不安を煽《あお》ってしまったのではないか。発言を打ち消すように、賢治は努めて明るい口調で後部座席へ話しかけた。

「ちょっと外出しているみたいだな。仕方ない、農協あたりで居場所を聞くか」

言い終えると同時に、大音量のクラシックが周囲に流れはじめた。

ぎょっとして車の外へ目を遣《や》る。睦雄もわずかに顔をあげ、様子をうかがっていた。

しばらく耳を傾けて、どうやら時刻を知らせる町内放送らしいと悟る。曲名こそ知らないが、聞いた憶《おぼ》えのあるメロディーだった。もっともスピーカーが古いのか音が割れており、ところどころ雑音も混じっている。

おかげで、荘厳なはずの調べはひどく不穏なものに聞こえた。

禍々《まがまが》しい儀式のはじまりを告げる、ファンファーレに思えてならなかった。

Ⅱ

「お父さん！　お昼だよ！」

ほがらかな声に、泉圭太《いずみけいた》はイチジクへ伸ばす手を止めた。

振りかえると、娘の恵里奈《えりな》が顔いっぱいに笑みを浮かべてこちらへ走ってくる。その背後では妻の加奈《かな》がバスケットを手に微笑《ほほえ》んでいた。大ぶりの籠には、いつもどおり加奈お手製の卵焼きや唐揚げ、おにぎりがぎっしり詰まっているはずだ。

「あれ、今日はずいぶん早いんじゃないか」

「なに言ってるの、いつもとおなじ時間よ。だって、ほら」

加奈が空中を指す。そのときはじめて、町内放送のクラシック音楽に気がついた。

モーツァルト作曲のアイネ・クライネ・ナハトムジーク。クラシックに疎い圭太ですら、長たらしい題名を覚えてしまった。「ちいさな夜の音楽」という意味らしいが、この島では朝昼晩の三回、町役場が時報がわりに流している。

「本当だ……ずいぶん夢中になっていたんだな」

見れば、いつのまにか黒イチジク出荷用のコンテナが山と積みあがっていた。朝に収穫をはじめてから一度も休憩を取っていないことに気づく。

こわばる身体《からだ》をほぐそうと大きく伸びをしながら、圭太はあたりを眺めた。

深緑の葉を茂らせたイチジクの木が、数十メートル先まで等間隔にならんでいる。その脇では、二棟のビニールハウスと「いずみ農園」と書かれたカラフルな看板が陽光を反射し、鮮やかに輝いていた。広さ二ヘクタールあまり、決して大規模とは言えないが、それでも青空の下で見る景色はなかなか壮観だった。

もっとも開放感に満ちている反面、農園には日除《ひよ》けの類がいっさい存在しない。このまま収穫を続けていたら、一時間と経《た》たずに倒れていただろう。

タオルで汗を拭いてから手袋を脱ぎ、恵里奈が手渡してくれた水筒を受けとる。

数時間ぶりの水分に、思わず息がこぼれた。

「うまい、生き返るよ」

「ほら、やっぱり。どうせ水も飲まずに収穫していたんでしょ」

「パパ、お水をちゃんと飲まないと、ダッスイショージョーになるんだよ！」

恵里奈が頬を膨らませて抗議する。脱水症状なんて言葉をどこで憶えたのだろう。この前まで赤ん坊だと思っていたのに、五歳ともなると一丁前の口を利くものだ。最近お気に入りの三つ編みもさまになっている。

「はいはい、気をつけます」

愛娘《まなむすめ》のほっぺを両手で摑《つか》み、ふざけた口調で謝る。その様子を見ながら加奈が「でも、本当に恵里奈の言うとおりよ」と諭した。

いつのまにか農園脇の空き地にはレジャーシートが敷かれ、バスケットの中身がならんでいる。シートの四隅が風で飛ばぬようコンクリートブロックで固定されていた。喉の渇きを癒しているあいだに、加奈がすばやく準備してくれたらしい。

我が妻ながら、その手際の良さには毎回驚かされる。思えば加奈は同級生だった小学校の時分から「おとなしくて気遣いのできる子」と評判だった。圭太もそんな性格に惹かれて彼女と結婚したのだが。加奈の存在なしでは、ひとりでこの農園を続けることなどかなわなかっただろう。

紙皿を人数ぶん配置しながら、加奈が「いつ倒れるか心配で」と言葉を続ける。

「頑張るのはいいけど……ひとりじゃ収穫も出荷も限界でしょ」

「問題ないってば。もうすぐ助っ人が来てくれるから」

言い終わると同時にクラクションが鳴り、ジムニーの駆動音が近づいてきた。

「ほら、噂《うわさ》をすればなんとやらだ」

まもなくビニールハウスの手前でエンジンが止まり、純《じゅん》がのっそり入ってきた。

田辺《たなべ》純——圭太や加奈の幼なじみ、現在は猪狩島ただひとりの猟師である。島の名物でもあるイノシシを撃っては自宅脇に建てた倉庫で捌《さば》き、島の食堂や本土のジビエ専門店に卸している。

「よう、圭太。恵里奈ちゃんも元気そうだな」

軽く手を振ると、純はテーブルの卵焼きをつまんで口に放りこんだ。

「お待たせいたしました。本日の助っ人、食いしん坊の田辺純さんです！」

圭太のおどけた口上に恵里奈が手を叩《たた》く。娘は純が大のお気に入りで、家族のように慕っている。

「よく来てくれた。本当に助かるよ」

「気にすんなって。島にたった三人きりの同級生だろ。水くさいこと言うなよ」

感謝の言葉などおかまいなしで、純が早くも二個めの卵焼きを頬張った。

「正直に言えば、十一月に狩猟が解禁されるまでヒマなんだ。俺が手伝わなくちゃいけないほど忙しいなんて、いずみ農園も安泰じゃん」

「おかげさまで」

頭を下げる加奈に、純が「礼を言うのは俺のほうだよ」と首を振った。

「なにせ圭太の黒イチジクで、俺たちの故郷は救われるんだからな」

故郷が救われる――純の言葉は、冗談でも誇張でもなかった。


猪狩島は、数年前まで〈滅びゆく島〉だった。

昔は「猪狩のシシは滋養がつく」との評判を聞きつけ、わざわざ来島する者も多かったらしいが、飽食にあふれた現在ではイノシシめあてで訪れる客などいない。かつては漁業もおこなわれていたものの、二十年前に漁船の転覆事故が起こって以降、船乗りの数は激減。いまや主要産業と呼ぶにはほど遠いのが現状だった。

おまけに島の周辺は岩場だらけで海水浴に適さない。伝統芸能や工芸はとっくに廃れ、史跡や観光地の類もない。古いものといえば戦中の防空壕《ぼうくうごう》のみである。

そんな寂れた離島に、人生を託す者などいるはずもなかった。

若者は島を離れるのがあたりまえとなり、大人ですら働き口を求めて本土へ移住する者があとを絶たない。残ったのは釣り人めあてで細々と経営する民宿や商店、あるいは農業を継がされた者など〈逃げ遅れた〉人間ばかり。

誰もが、遠からず猪狩島は消滅すると思っていた。抗《あらが》えぬ運命だと諦めていた。

しかし——そんな運命を、泉圭太が一変させた。

たまたま公民館で郷土史を読んだおり、圭太は江戸時代に猪狩島でイチジクが栽培されていたことを知り、「もう一度、島にイチジクを根づかせよう」と決意する。

目をつけたのは、フランスで栽培されている黒色のイチジク、ビオレ・ソリエス。通常のイチジクより糖度が高く、ねっとりした舌触りが特徴的な品種だが、湿潤な日本では栽培に向かず、ゆえに〈幻の果実〉と呼ばれていた。

この幻を現実にすれば、島も復活するに違いない。

かくして圭太はフランスの黒イチジク農家まで足を運び、栽培ノウハウを学ぶと島の農地を買いとって「いずみ農園」を設立。黒イチジクを育てはじめた。

その後、苦労のすえに栽培方法を確立し、島独自の品種を完成させたのが三年前。

はじめこそ野趣あふれる外見が不評だったものの、時を置かずして味の良さが評判となり、まもなく都内のレストランや高級青果店から注文が舞いこむようになった。

きわめつきは、インターネットである。

再生回数が百万回を超えるという人気ユーチューバーが、試食動画で猪狩島の黒イチジクを絶賛したのだ。翌日から注文の電話は鳴りっぱなし、幻の果実を求めて観光客が本土から押し寄せ、町はしばらくのあいだお祭り騒ぎとなった。

おかげで「いずみ農園」は急成長を遂げ、露地栽培のみならずビニールハウスまで新設することができた。作付面積も、さらに増やす目処《めど》が立っている。

いくつもの好機に恵まれ、順調に知名度をあげてきた黒イチジク。

そして明日、何度目かの——しかも、最大のチャンスが訪れようとしていた。

東京のテレビ局が、生中継のために島を訪れるのだ。

高視聴率で有名な情報番組で、特集した商品はまたたくまに完売してしまうとの定評があった。グルメで知られる芸人が絶賛した醬油《しょうゆ》は予約で半年待ちとなり、人気アイドルが紹介したスイーツも連日二時間待ちだという。

そんな番組に、いずみ農園の黒イチジクが選ばれたのである。

「で、今回はどこにイチジクを送るんだ。三つ星レストランか？　セレブ御用達《ごようたし》のスーパーか？」

段ボールを軽トラックに積み終えた純が、汗を袖で拭いながら訊《たず》ねる。

「今日は本土への出荷じゃない。町役場に運ぶんだよ。町長が明日、役場の職員にイチジクを持たせたいんだとさ」

「なるほど、テレビ用か。いかにも華江《はなえ》オバちゃんが好きそうな趣向だ」

華江オバちゃんとは、猪狩町長である庄司《しょうじ》華江のことだった。

子供の時分からよく知る人物とはいえ、遣り手で知られる女傑を「オバちゃん」呼ばわりする人間など、この島では純くらいのものだ。もっとも、彼なら総理大臣だろうが大統領だろうが、変わらぬ態度で接するだろうが。

純は、昔から物怖《ものお》じしない男だった。世間のしがらみや忖度《そんたく》をまるで意に介さず、出世や成功にも興味を示さない。誰とぶつかろうが嫌われようが気にしない性分。猟師という職業を選んだのも、そんな性格によるところが大きいのだと思う。

だが、自由で気ままな反面、その暮らしぶりが決して楽ではないことを、圭太は知っていた。狩猟は畜産と違い安定収入が見こめない。おまけにイノシシの状態によっては出荷できない場合もある。処理しきれない肉や骨は、圭太の農園で肥料として買い取っていたが、それとて微々たる量である。なによりも三十五歳という年齢を思えば、いつまでも続けられる仕事ではない。だとすれば親友としてなにができるのか――この数日、圭太はそれを考え続けていた。

「なあ、純……猟師を辞めてウチで働かないか？」

イチジクを積み終えたタイミングを見計らい、声をかける。

純に自分の農園へ就職してもらう。それが、悩んだすえの結論だった。

「求人募集の広告を出しているのに、ちっとも反応がないんだ。本土の連中は、よほど島暮らしが嫌らしい。まったく困ったもんだよ」

哀れんでいると思われぬよう愚痴めいた口調でぼやく。すでに圭太から相談を受けていた加奈が、「あら、私も純なら大歓迎だな」と加担した。

「ようやく軌道に乗ってきたから、なんとかお給料も出せるし……なにより、私のお弁当が毎日食べられる特典付きだし」

ピンク色の子供用自転車にまたがっていた恵里奈が、すかさず「恵里奈にも会えるし！」と白い歯を見せた。

純が苦笑しながら「そりゃ最高だな」と恵里奈の頭を撫《な》でる。

「ママのお弁当も魅力だけど、恵里奈ちゃんに毎日会えるのがいちばん嬉《うれ》しいよ」

「やった！」

飛びあがらんばかりに喜ぶ恵里奈の頭を撫でてから、純が真顔に戻った。

「でも……ひとつ、悩みがあるんだよ」

真剣な声に、全員が静まった。

いったい、なにが問題だというのか――圭太も加奈も笑顔を凍りつかせたまま、黙って続く言葉を待つ。と、まもなく純が咳払《せきばら》いをしてから、

「実は、パパのことを社長と呼びたくねえんだ。〝シャチョー、シャチョー〟って呼ぶたびに、なんだかムズ痒《がゆ》くなっちまう」

緊張した空気が一気にほぐれ、全員が爆笑する。

「もう、びっくりしたじゃない。驚かさないでよ」

「わかったわかった。特別に、社長と呼ばないことを許可しよう。くるしゅうない」

わざと仰々しく言ってから、圭太は表情を引き締めた。

「純、本気で考えてくれ。明日のテレビ中継を皮切りに猪狩島は注目を集める。ゆくゆくはイチジクが主要産業になるはずだ。いずみ農園もさらに大きくしたいと思っている。そのためには信頼できるパートナーが必要なんだ。つまり……純、お前みたいな人間がな。だから、どうか島のために力を貸してくれないか」

「島のため……ねえ」

ぶっきらぼうに答える純へ、圭太はさらに詰めよる。

「そう、島のためだ。俺は、生まれ故郷をなんとしても守りたいんだ」

「……ま、すこし考えさせてくれ。俺が猟師を辞めたらイノシシを駆除する人間がいなくなっちまうからさ」

返事こそ濁したものの、純の表情はまんざらでもなさそうだった。

Ⅲ

賢治が運転するミニバンは、いつのまにか街を離れ、農園の砂利道を走っていた。どうやら、ナビが近道のつもりで悪路に誘導したようだ。

車体が絶えず上下に振動し、すこしでも油断するとハンドルを取られてしまう。おまけに砂埃《すなぼこり》のせいで視界が悪い。道なりに続く《猪《いのしし》注意!》と書かれた立て札のおかげで、どうにか道幅が確認できた。猪狩島というだけあって本当にイノシシが出るらしい。

ふと、ニュースで見たイノシシと車の事故を思いだす。ぶつかった車両はフロント部分が大破していた。猪突猛進《ちょとつもうしん》という四字熟語どおりの獰猛《どうもう》さにゾッとしたものだ。

もしイノシシに激突されたら——無意識のうちにハンドルを握りなおす。対向車がめったに居ない島のこと、大事故にはならずとも車に傷でもつけられたら厄介だ。今日のうちに島を離れ、夜には娘と会う約束をしている。レンタカーを返却する際に手間取るような事態は避けたい。

不安を薙《な》ぎ払《はら》うように、賢治は独りごちた。

「それにしたって誰の姿も見あたらないなあ。これじゃ道を訊ねることもできんよ。ま、それくらいのどかな島ってことだ。のんびり暮らすには最高かもしれん」

返事の代わりに、後部座席から軽い舌打ちが聞こえた。バックミラーを見ると、睦雄が興味なさげに履歴書の封筒を手のなかで弄んでいる。

無視、無関心、無反応——過去に支援した出所者も、一様におなじ反応だった。

理由はわかっている。怖いのだ。世間が自分を受け入れてくれるか、不安なのだ。自分が先に心を閉ざしておけば拒絶されても傷つかない。そんな防衛本能なのだ。

だが、受け入れ先のすべてがナイーブな胸の内を理解してくれるとはかぎらない。むしろ多くは反抗的な態度と受け取る。やがて軋轢《あつれき》が生まれ、結局は退職の憂き目に遭う。それでは負の連鎖を断ちきれない。

だとしたら——彼のためにも、ここはすこし強い口調で伝えておくべきだろう。

咳払いをひとつしてから、賢治は睦雄に話しかけた。

「おい、小御坂くん。農園の人に会ったらそんな態度を取るんじゃないぞ」

睦雄に答える気配はない。腰を屈《かが》め、ズボンのベルトをいじっている。

「きみの不安はわかるけどな、怖いことなんかなにもないんだよ。誠意を見せれば大丈夫だ。すぐ打ち解けられなくとも、時間が経てば島の人も小御坂くんのことを理解してくれるさ」

「……誠意って、なんだ」

「え？」

「誠意を見せろと言っただろ。誠意ってのは、どうすれば見せられるんだ」

予想外の質問に戸惑いつつ、賢治は答えた。

「ええと……誠意を見せろというのはね、素直な気持ちをあらわせという意味だよ。自分の心に嘘《うそ》をつかず、ありのままの感情を相手にぶつけるんだ」

「素直な気持ち……なるほどな」

言い終えるより早く、睦雄が勢いよく上体を起こす。

直後――賢治の首に激痛が走った。

「ぐうっ」

声が出ない。呼吸が詰まり、視界が急速に狭まっていく。

なにが起きたのか理解できぬまま、視線を泳がせる。

バックミラーに映った自分の首に、革のベルトが食いこんでいた。

「みっ……小御坂く……お前」

「これが俺の素直な気持ちだよ」

睦雄が無表情のまま、指にいっそう力をこめた。きりきりと革が軋《きし》む。

賢治が苦しさのあまり喉を掻きむしった次の瞬間、タイヤが砂利道をはずれて畦《あぜ》へ乗りあげた。なんとかハンドルを片手で摑み、急ブレーキを踏む。

「やめ……だずげでぐ……」

返事代わりに睦雄が腰を落とした。ベルトに体重をかけて、さらに絞めあげる。

「恵《けい》……子《こ》……」

娘の名を呼んだのを最後に、賢治の身体から力が抜けた。

ミニバンが、土手を滑り落ちながら未耕作の畑へと突っこむ。小石を弾《はじ》き飛ばし、土煙をあげながらゆるゆると進み――まもなく車は、畑のまんなかで停車した。

一分後——睦雄の手がようやく緩んだ。

ベルトの跡が赤くついた指をさすりながら、運転席を確かめる。

ハンドルに突っ伏している賢治の口から、緩んだ舌がでろりと垂れ下がっていた。見開いた両目は血管がちぎれ、白目が真っ赤に染まっている。

睦雄はドリンクホルダーから〈イチゴミルミル〉を奪ってひと口飲むと、賢治の死に顔をしばらく観察し——たまらなく嬉しそうに笑った。

「やっぱり死体はいいな。醜くて、惨《むご》たらしくて、嘘がねえ。もっと見てえもんだ」

Ⅳ

「……死んでるな、こりゃ」

道路を見下ろしながら、巡査部長の岡崎正《おかざきただし》は合掌した。

路上に横たわっていたのは——一頭のイノシシである。

開きっぱなしの瞳孔。硬直して伸びきった手足。太い毛は血で凝り固まっている。

警察官になって四半世紀、数えるほどしか死体を見ていない岡崎でも、目の前の獣が息絶えているのは容易に判断できた。

ま、そりゃ助からんわな。車があの状態だもの——。

路肩に停《と》まっている、フロント部分が大きくへこんだ白い軽自動車。その隣では、運転手である主婦の横田洋子《よこたようこ》が新米巡査の守屋真一郎《もりやしんいちろう》から事情聴取を受けていた。

「それで、事故当時は何キロくらい出していましたか」

真一郎が事務的な口調で訊ねる。

「六十……いや、五十キロかな」

「なるほど、この道の法定速度が三十キロなのはご存知でしたか」

「いや、いつもはもっとゆっくり走るんだけど……お義父《とう》さんてば、診療所の帰りに〝おしっこ漏れる〟なんていきなり言うもんだから、私も焦っちゃって」

洋子が困り顔で振りかえった。

視線の先では、洋子の義父である横田庄吉《しょうきち》が、ぽかんと口を開けていた。状況が理解できていないのか、先ほどからイノシシに感心している。

「いやあ、肉がたっぷりついて美味そうだなあ。昔は〈猪狩のシシ〉を食いたいと、本土から人がわんさか来たもんだ」

頷く庄吉のズボンは股間にシミが広がっていた。どうやら岡崎たちが駆けつける前に立ち小便を済ませたらしい。老いても豪胆な性格は変わらないようだ。

かつては島きっての荒くれ者として知られ、喧嘩《けんか》相手をナタで斬《き》りつけるほどの暴れん坊だったそうだが、八十五歳のいまではその面影など微塵《みじん》もない。数年前に心臓を患いペースメーカーを入れて以降は認知症が急速に進み、現在は息子夫婦に介護されている。今日も、診療所へ定期検診に行った帰りの事故だった。

「ねえ、真ちゃん……これ、違反にならないわよね？　大丈夫よね？」

洋子が親しげな調子で訊ねる。島生まれの真一郎は警察官である前に「守屋さん家《ち》の真ちゃん」なのだ。島の家族なのだ。

だが、そんな「家族」の返事はつれないものだった。

「法律上、動物との接触は物損事故と見なされます。ですから、交通違反の点数や罰金が科されることはありませんが、イノシシが即死するほどのスピードですから、現場検証によっては法定速度違反で……」

「バカ言え、こいつが勝手に飛びだしてきたんだぞ」

庄吉が怒鳴る。状況は把握できずとも、責められていると雰囲気で察したらしい。

「おい、どこのおまわりか知らないが、ワシを逮捕する気か！」

「お義父さん、この人は守屋さんところの真ちゃんよ」

「そんなやつは知らん！」

庄吉が拳を振りあげ、真一郎が身をすくめる。

「まったく！　おまわりなんかに報告しなけりゃよかったんだ！」

「で、でも……事故の場合は、道路交通法七十二条で報告が義務づけられていますし、警察を呼ばないと事故証明書を発行してもらえないので……」

「なんだお前は、さっきから屁理屈《へりくつ》ばかり！　どこの若僧だ！」

庄吉がいよいよ殴りかかろうとした、その矢先。

「よせ、親父《おやじ》！」

おんぼろの原付バイクにまたがり、横田昭一《しょういち》がやってきた。

横田夫妻は、島でひとつきりのちいさな電器店を営むおしどり夫婦である。噂では二十歳下の洋子にひとめ惚《ぼ》れした昭一が、熱烈なプロポーズのすえ射止めたのだという。おおかた愛妻が事故に遭ったと聞き、おっとり刀で駆けつけたに違いない。

「あなた……」

「洋子、大丈夫か。怪我《けが》はないか」

妻のもとへ駆けよった昭一に、洋子が頷く。

「私もお義父さんも無事よ。ただ、車が……」

「これくらいなら、すぐに修理できる。俺は島いちばんの理系だ。心配ない」

「それとね……」

そう言うと、洋子は上目遣いで真一郎を見つめた。

妻の言葉で事態を察し、昭一が歩みよってくる。

「なあ……真ちゃん。この島じゃ、イノシシがぶつかるなんて珍しくないんだからさ。

意味……わかるだろ」

岡崎はすぐに理解した。妻を見逃してくれるよう遠まわしに頼んでいるのだ。

だが、定年間近の岡崎ならともかく、赴任してまもない新米警官に空気を察する力などない。杓子定規《しやくしじようぎ》な対応を続け、横田夫妻や庄吉と禍根を残すのが関の山だ。だとすれば——そろそろ自分が登場するタイミングか。

「いや、災難でしたなあ」

ことさら呑気《のんき》な口ぶりで、岡崎は会話に割って入った。

「そうなのよ、岡崎さん」

「いやあ、参っちまうよ」

話が通じそうな人物の登場に、夫妻が安堵《あんど》の色を浮かべる。パトカーからブルーシートを取りだしながら、岡崎が昭一へ告げた。

「ま、洋子さんも動揺したみたいで、何キロ出していたか憶えていないようですな。こちらも実際に見ていたわけではありませんから、調べようがないですよ」

意味するところをすぐに察したのだろう、昭一も洋子も胸を撫でおろしている。

「……助かります。ウチのやつ、次に違反したら免停だったもんで。家電の配送ができなくなるところでした」

「前回は本土で信号無視でしたっけ。さすがに〈あっち〉には口添えできないもんで。

あのときは力になれず、申しわけなかったですな」

「いやいや、滅相もない。岡崎さんにはいつもお世話になって……」

頭を下げようとする昭一を手でいなし、岡崎が微笑んだ。

「念のため帰りは昭一さんが運転してください。あ、イノシシの処理は純くんに頼んでおきます。本来なら町役場に連絡するんですが、今日はテレビ中継の準備で忙しいだろうから」

「本当に、なにからなにまで……」

再び横田夫妻が頭を下げると同時に、町内放送のクラシック音楽が流れだした。軽やかな旋律へ耳を傾け、岡崎がしみじみと虚空を見つめる。

「こいつを聞くのも、今日で最後か。感慨深いですな」

その言葉に、洋子が「寂しくなるね」と息を漏らした。岡崎が今日付で離任することは、すでにこの島の全員が知っている。

しんみりとした表情の横田夫妻を見つめ、岡崎が微笑む。

「島を去る最後の最後に人助けができるとは、警官冥利につきますよ」

「やれやれ……また、島から人がいなくなっちまうのか」

昭一の言葉に、老巡査部長が首を振った。

「大丈夫ですよ。今日からは、守屋巡査がいますから」

横田夫妻と庄吉を見送ってから、ブルーシートにくるんだイノシシをパトカーのリアトランクへ積む。ドアを閉めるなり、真一郎が「あの……」と口を開いた。

「本当にいいんでしょうか。せめて現場検証だけでも」

「まったく、洋子さんも大変だよなあ」

抗議を遮って、岡崎はしみじみと頷いた。

「夫婦で電器店を営みながら、義理の親父さんを介護しているんだもの。病院へ送迎して、朝昼晩とメシを食わせて、シモの世話をして、徘徊《はいかい》するたび探しまわって……噂じゃ庄吉さん、ときどき若いころの感覚に戻って手をあげるらしい。並の苦労じゃないさ。そんな人から車まで取りあげたら……わかるだろ」

「それは、まあ……」

「さ、わかったら出発してくれ。ボヤボヤしてると船が出てしまう」

口籠りながらも、真一郎は促されるままパトカーを発進させた。

山道をくだり、港への道を向かっていく。

「……なあ、真ちゃん」

岡崎が、わざと下の名前で真一郎を呼んだ。

「警察官の仕事って、なんだと思う」

「そりゃ、犯罪者の検挙と……犯罪を未然に防ぐこと、ですよね」

「違うよ」

岡崎が即答した。

「自分が管轄する地区の平和を守ることだ」

「……それって、おなじことじゃないんですか」

「法律を振りかざして犯罪者を挙げるだけが仕事じゃないと言っているんだ。島の暮らしを守るため、多少のことには目を瞑《つむ》るのも警察官の役目なんだよ」

「はあ」

パトカーがカーブを曲がる。木々がひらけ、港に停まる連絡船がちいさく見えた。

青空と海原の眩《まぶ》しさに目を細めながら、岡崎は言葉を続ける。

「良き警官は、社会のかさぶたになるべし」

「それ、誰の言葉ですか」

「猪狩島で大人気のおまわりさん、岡崎正巡査部長の名言だ」

「かさぶた……社会のかさぶた……」

「ああ、この島を人間だと考えてごらん。ときには怪我を負うし、血を流すこともある。それ自体は生きているんだから仕方ない。大事なのは、出血を止めることだ。警察官はそんな止血の役割、かさぶたにならなくちゃいけないんだよ。社会の膿《うみ》を出すなんて理想論は、刑事ドラマの世界だけの話だ」

そこまで一気に語ると、岡崎は優しく真一郎の肩を叩いた。

「どんな形であれ……猪狩島を守ることが、きみの役目なんだ」


港へ着いたのは、船が出発する五分前だった。

「こりゃまずい、急がなくちゃ。あ、すまないけれど純くんのところにイノシシを運んでおいてくれ」

岡崎がボストンバッグを引っつかみ、パトカーからあたふたと降りる。

と、数歩歩いたところで老警官は足を止め、静かに敬礼した。

「真ちゃん……いや、守屋巡査、頼んだぞ。さっきの言葉、忘れないでくれ」

「……はい。わかりました。」

敬礼を返しながら、頭のなかで反芻《はんすう》する。

守る。島を守る。

自分が、この島のかさぶたになる。

今日から。

遠ざかっていく岡崎の背中を見つめながら、真一郎は高揚感にひたっていた。

V

「あれ、町役場は十字路を左だぞ。なんで右に曲がるんだ」

役場と反対方向へ軽トラを進める圭太に、純が訊ねた。

「ついでだから無人販売所に寄っていくよ。残りの個数を確認しておきたいんだ」

一年ほど前から、圭太はイチジクの無人販売所を町道沿いに数ヶ所設置している。販売所とはいっても、木製の台にブリキ缶の料金箱を置いただけの簡素な代物だ。駄目元で設置してみたものの、手作り感が受けたようで、じわじわと増えはじめた観光客からはおおむね好評を博している。明日、テレビの生中継で宣伝されれば、需要はいっそう増えるだろう。

イチジクを頬張りながら闊歩《かっぽ》する観光客——そんな光景が目に浮かぶ。

よし、自分はいずみ農園をもっともっと大きくするのだ。畑を拡《ひろ》げ、島民を雇い、観光客をさらに呼びこむ。イチジクの加工品や料理を提供するレストランも開いて、島を活気づける。その日が来るまで、俺は歩みを止めるわけには——。

「おい、圭太ってば！」

純に肩を揺すられ、圭太は我に返った。

「ど、どうした」

「見ろ」

仏頂面の純が、顎で前方を示す。

「誰だ……あいつ」

無人販売所の前に、見知らぬ男が立っていた。

年齢は——三十半ばといったところだろうか。手にした黒イチジクへかぶりつき、唇から垂れた果汁で顎を濡《ぬ》らしている。

青白い肌。乱暴に切りそろえた髪。赤いベストに黄色いネルシャツという平凡ないでたちなのに、その姿にはどこか不穏なものが漂っていた。

「まったく、最近はあの手の妙な連中が多いんだよな。観光客が増えはじめたのは嬉しいけど、あんなのばかり来たんじゃ困っちまうぜ」

純の言葉に、圭太が無言で頷く。

インターネットで紹介されて以降、さまざまな人間が島を訪れるようになった。多くは善良な観光客だが、なかにはネット配信と称して島民にカメラを向けたり、遊泳禁止のエリアで泳いだりする輩《やから》もいるらしい。実際、圭太も純も数名から「トラブルに遭った」との話を聞いている。あの男も、そんな厄介者のひとりなのだろうか。

「……ちょっと様子を見てくる」

販売所の数メートル手前で車を停めるなり、助手席から純が飛びだした。

慌てて窓から顔を出し、背中に向かって叫ぶ。

「純、手荒な真似《まね》はしないでくれ。ネットに書かれでもしたら面倒だ」

「ネットなんか知ったこっちゃねえよ」

短く吐き捨てると、純は大股で男へ近づいていった。

「あの、すいません。観光の方ですか」

純が訊ねる。口調こそ丁寧だが、言葉のはしばしに苛立《いらだ》ちが見え隠れしている。

男は聞こえていないのか、夢中で黒イチジクをむさぼっていた。

「こりゃあ美味いもんだな。評判になるのもわかるぜ」

「おい、ちょっと！」

「あ？」

男が純を睨《にら》んだ。

「食べるのはいいけど……代金、箱に入れたの？」

「なんだ、客を疑うのかよ。ちゃんと払ったに決まってんだろ」

「……じゃあ、確認させてもらうぞ」

純が料金箱の蓋を開け、なかを確認する。圭太の位置からは背中しか見えないが、反応を見るかぎり一円も入っていないのはあきらかだった。

「なあ、悪いけど代金を払ってくれ。タダで配ってるわけじゃないんでね」

「しつけえな。払ったって言ってんだろ」

「でも、金は一円も入ってな……」

「わかったわかった、こんなもん要らねえよ」

男が食いかけのイチジクを地面に叩きつけた。

「おい、なにしてんだコラ」

純が肩をそびやかし、一歩前へ踏みだす。

まずい――運転席から飛びだし、親友のシャツを掴んで押し留《とど》めた。

「純、明日のことを考えろ。トラブルになったら大変だぞ」

「……わかってるよ」

口ではそう答えたものの、純は男から目を逸《そ》らそうとしない。

猟師の鋭い眼光にも男が怯《ひる》む様子はなかった。ズボンのポケットに捩《ね》じこんだペットボトルを掴み、棍棒《こんぼう》よろしく掲げている。

「お、やんのか。こっちはこんなものだって凶器にできる〈ベテラン〉だぜ」

男がペットボトルをこちらへ突きだし、挑発する。

ラベルには、毒々しいピンクの字で〈イチゴミルミル〉という商品名がプリントされていた。島の売店では見かけない商品――やはり観光客のようだ。

ともあれ、まずはこの場をおさめなくては。
「どこか行ってくれ！　代金はいらない！」——
圭太の叫びに、男の視線がこちらへ移る。
途端、身体がぞくりと震えた。
薄い膜が張った眼球の奥に、闇より黒い光が灯《とも》っている。
蛇のような、虫のような、獣のような——人間とは違う理屈で生きる生物の目だ。
直感した。
この男は、なにかに取り憑《つ》かれている。
常人には理解しがたい行動原理に、身も心も奪われている。
反射的に顔を逸らし、圭太は改めて「金はいらない」と繰りかえした。
男はふたりを睨みつけていたが、まもなく構えている腕をだらりと下げた。
「……ったく。どいつもこいつも、つまんねえ連中ばっかりだ」
捨《す》て科白《ぜりふ》をひとつ吐き、道の向こうへと去っていく。その姿が完全に消えると同時に、
圭太は放心してへたりこんだ。
「まったく……お前がいつ殴りかかるかヒヤヒヤしたよ」
圭太の言葉に、純がムッとした表情を浮かべる。
「殴るわけないだろ。俺はな、キレてるように見えても心のどこかで冷静なんだよ。猟

銃をあつかうようになってからは、いっそう慎重になってるんだ。むしろ俺より圭太のほうがヤバいと思うぞ。怒りなれない人間ってのは、いったん頭に血がのぼると見境がなくなるからな」

「俺は……怒ったりしないよ」

本当にそうだろうか。自分に問う。

もし、大切なものに危害を加えられたとしたら、自分は冷静でいられるだろうか。島の仲間や、家族、加奈――そして、恵里奈。

立ちすくむ圭太の肩を、純が叩いた。

「さ、急ごうぜ。変な男より華江オバちゃんのほうが何倍も怖いからな。いまごろ鬼の形相で俺たちを待ってるかもしれねえぞ」

Ⅵ

あんのじょう、役場の玄関では庄司華江が待ち構えていた。

イメージカラーと称するピンクのスーツを着て、門番よろしく立っている。その隣には補佐役の野毛二郎《のげじろう》が腰巾着のように張りついていた。

「おい、遅いぞ。町長は忙しい方なんだからな」

車を降りるなり、野毛がさっそく文句をぶつけてきた。

華江に対する点数稼ぎだとわかってはいるものの、それでもいい気持ちはしない。とりわけ不気味な男と邂逅《かいこう》した余韻のせいでいっそう不快感が募る。純もカチンときたのだろう、野毛を無視して段ボールを役場のなかへ運びはじめた。さすがに自分まで不遜な態度を取るわけにはいかない。しぶしぶ圭太は頭を下げた。

「すいません。実は、途中で変な男が……」

「いいのよ。忙しいなかをわざわざ来てくれたんだから、感謝しなくちゃ」

華江が野毛をぴしゃりと跳ねつける。

巧みな遣り取りに、圭太は舌を巻いた。あえて部下に不満を言わせておいてからひっくり返すことで、華江は寛容な自分を演出したのだ。さすが〈女王〉、人心掌握を心得ている。

猪狩の女王——庄司華江は、島民に陰でそのように呼ばれていた。

猪狩町の町会議員を経験したのち、〈島民ファースト〉をスローガンに町長選へと立候補し、島民ほぼ全員の支持を得て当選。現在は三期目を務めている。

一期目こそ「女のくせに」「生意気だ」と陰口を叩く者も何人かいたが、いまでは華江を悪《あ》しざまに罵る島民など誰もいない。それは手腕を評価していると同時に、彼女が島を掌握していることの証明でもあった。

島民の携帯電話には、町長から毎日〈ハナエ・ダイアリー〉と題されたメールが送られてくる。本文には議会の進捗や行事告知をはじめ、ゴミ出しのマナー違反や食堂の新メニュー、さらには島民が飼っている犬の訃報まで島のさまざまな事柄が綴られている。一見、いかにも離島らしいローカルな内容に思えるが、その裏には「すべてを見ているぞ」というメッセージが込められていた。

そんな〈女王〉ですら、今日は頰を上気させている。

無理もない。猪狩島にテレビの生中継が来るなど前代未聞のこと。ましてや、観光の目玉に掲げる黒イチジクが全国放送されるのだから、彼女でなくとも興奮するのは当然だった。

華江がコンテナから黒イチジクを一個つまみあげ、うっとりと眺める。

「本当に立派だわ。今年はことさら出来がいいんじゃないの。売れてるでしょ」

「おかげさまで出荷に追われています。だから、あんまり数が確保できなくて」

「おい、それじゃ困るなあ」

すかさず野毛が口を尖《とが》らせた。

「町長が頼んだ数をそろえてくれなくちゃ……」

「いいのよ。私は気にしない」

華江が手を翳《かざ》し、再び腰巾着の出鼻をくじく。

「足りないくらいがちょうどいいでしょ。希少価値が出て話題になるものね」

「……で、明日はテレビ局の連中、何時に来るんだ」

所在をなくし、野毛が話題を変える。

「十時の船でやってきて、お昼すぎから中継すると聞いています。まず港で自分にインタビューしてから、町長に話を聞く流れだそうです」

自分が全国放送に映る姿を想像したのか、華江が恍惚《こうこつ》の表情を浮かべる。

「それじゃ、役場には朝九時に集合しましょう。よろしく頼むわね。なにせ、この中継に島の未来がかかってるんだから」

「そういうことだ。圭太、絶対に遅れんなよ」

捨て科白を吐いて、野毛が立ち去る。

と、周囲に人がいなくなったのを見計らい、華江が「ねえ、圭太」と囁《ささや》いた。ふたりきりのときだけ、華江は子供時代から知る圭太を下の名前で呼ぶ。

「連日で悪いんだけど、明後日《あさって》も役場へ来てもらえないかしら」

「いいですけど……どうしたんですか」

「これから話すことは、まだ秘密よ」

もう一度あたりを確認してから、華江がいっそう声を潜める。

「実はね、地方創生推進交付金の支給が決まりそうなの」

「要は、いずみ農園のイチジク生産計画が評価されて、国がお金を出してくれることになったのよ」

「ちほう……そうせい」

「へえ……それは凄《すご》いですね」

呆《ほう》けた顔の圭太を一瞥《いちべつ》し、華江がため息をつく。

「ちょっと、もうすこし喜んでよ。苦労して五億円もぶん取ったんだから」

「ご、五億！」

すかさず華江が圭太の口を塞ぐ。

「ちょっと！　大きな声ださないで、まだ決定したわけじゃないんだから。それで明後日、地方創生局の局長が島を視察に来るの。あなたには、役場で私と合流して農園の案内をお願いしたいのよ。それさえ無事に終われば……」

そこで言葉を止めると、華江は指で輪っかを作り〈大金〉を暗に示した。

「交付金が支給されたあかつきには、イチジクの大規模加工場を建設するつもりよ。販売所やイチジク専門のレストランもいいかもね。農園の雇用も増やせるわ」

「信じられません……」

「それもこれも圭太のおかげよ。ありがとう」

正直な感想を口にした圭太を見て、華江が顔をほころばせる。

昔から知る〈華江オバちゃん〉の顔だった。

「まずは明日しっかり宣伝してちょうだい。あなたの農園に、島の明るい未来も、私の輝かしい未来もかかってるんだから」

「明るい未来」という単語に、身体が震えた。

まさか、これほど早く夢が現実になるなんて。

丘陵を埋め尽くすイチジクの木。たわわに実った、黒光りする果実。

笑顔で収穫する自分と加奈、そのかたわらでは恵里奈が遊んでいる。

島にはイチジクを模したロゴマークの店がならび、どこも人で溢《あふ》れかえっている。

島民も観光客も、みなが活《い》き活《い》きとしている。

そんな光景を思い浮かべ、圭太は思わず呟いた。

「あの日の約束どおり……ここが最高の島になるんですね」

Ⅶ

「最低の島だな」

舌打ちをして、睦雄は地面に唾を吐いた。

まさか、酒が飲める居酒屋も女を買える風俗もないとは。日が暮れれば盛り場にネオンが灯るだろうと期待していたが、どこも早々に店じまいしている。

仕方なく、彼は人気《ひとけ》のない夕方の住宅街をうろついていた。

こんなクソみてえな場所に住む人間の気がしれねえ——再び舌を鳴らす。

物心ついたときから睦雄は欲望を制御せず生きてきた。そもそも制御するすべを知らない。知ろうと思ったことも、知りたいと願ったこともない。

欲しいものは盗み、抱きたい女は犯し、腹の立つ相手は殴り、騙《だま》せそうな相手は謀《たばか》り、必要な場合は躊躇《ちゆうちよ》せず殺した。この世界は自分のために存在するのだから、それが当然だった。自分らしくあるとは、欲望のままに生きることと同義だった。

しかし、この島ときたらどうだ。欲望の捌《は》け口《ぐち》そのものが存在しないなんて。

ここは俺の生きる場所じゃねえ。さっさと空き巣か強盗で銭をこしらえて東京か大阪あたりへ逃げちまおう。名古屋、福岡、沖縄あたりも悪くないな。

〈転居先〉を思案しながら、家々を観察し、侵入できそうな箇所を探す。

電気が消えた部屋。開けはなった縁側。施錠し忘れた勝手口の窓——。

「……ん」

表札に《泉》と書かれている、一軒の民家が目に留まった。

たしか、ここはあのジジイが訪ねた家じゃねえか。あのままおとなしくしていれば、この家で働かされるところだったわけだ。

怒りとも嫉《ねた》みともつかない黒い感情が、胸の底から泡のように湧いてくる。

人を雇うくらいだ、金はあるに違いない。すこしくらい貰《もら》ってもバチはあたらないだろう。もともと俺に払われる給料なのだから、ちょっと前借りするようなものだ。

身勝手な理屈で自分を納得させ、睦雄は敷地へ侵入した。

壁づたいに抜き足で移動し、家の裏手へ向かう。角を曲がった先には庭があり、その片隅で、ちいさな人影が動いていた。

庭にいたのは五、六歳の少女だった。おままごとに興じているのか、オモチャのテーブルの前にぺたんと座って、人形となにやら楽しげにお喋《しゃべ》りをしている。西に傾きはじめた陽《ひ》の光を受け、三つ編みがきらきらと光っていた。

「おほっ」

睦雄の口から、無意識に声が漏れる。

出所してから──いや、あの事件以来はじめて〈おんなのこ〉を間近で見た。

成熟した女も悪くないが、やっぱりあのくらいの年齢が最高だ。

壊れやすい。壊しやすい。壊すと楽しい。面白い。

丁寧に結んだ髪も、穿《は》いている下着も、泣き叫ぶ顔までもが可愛《かわい》らしい。

しばらく女児を観察するうち、睦雄は庭のはじに転がるサンダルへ目を留めた。

あの子が履いていたのか。

きっと、甘い汗と垢《あか》と体臭がべったり染みついているに違いない。

無意識のうちに手が膨張したズボンへ伸びる。股間をまさぐった瞬間、痺《しび》れるような快楽が脳天を突きあげた。

飲み終えた〈イチゴミルミル〉のボトルがポケットから転がるのも構わずに、睦雄はズボンのなかで手を動かし続けた。


砂利敷きの駐車場へ入ったと同時に、カーラジオが午後八時の時報を鳴らす。

もうそんな時間か――エンジンを切って、圭太は深く息を吐いた。

町役場で純と別れ、ビニールハウスへ戻って作業を続けた。

五億円、島の再生。作業中も華江の言葉がたびたび脳裏をかすめ、興奮のあまり何度も手が止まる。おかげで今日は遅くなってしまった。

ぐったり疲れた身体とは裏腹に、心はひどく昂《たかぶ》っている。

明るい未来が、手の届きそうな場所にあるのだ。夢がかなうのだ。

そうだ、加奈にも早く伝えなくては。玄関へ向かう足が自然と速まる。

「ただいま」

ドアを開けるなり、甘い醤油のにおいが胃をくすぐった。

「あ、おかえり」

声に誘われ台所へ向かうと、加奈が尾頭つきの鯛《たい》と格闘している真っ最中だった。ダイニングテーブルには重箱が置かれ、お煮しめやローストビーフがいっぱいに詰められている。

「ずいぶん豪華だね、なんのお祝い？」

「なに言ってんの、明日は真ちゃんの着任式でしょ。その準備」

「あ……そうだった」

守屋真一郎――圭太たちより八つほど年下の青年である。

中学卒業後に島を離れ、警察学校へ入学。本土で数年勤務したのち、長らく勤めていた巡査部長の岡崎に代わり、今週から島の駐在所へ赴任が決まっている。

「しかし、あの泣き虫で理屈屋の真が警察官とはな……信じられないよ」

「ひさびさに若者が戻ってくるって、みんな喜んでるわ。明日は大騒ぎでしょうね」

「ああ、夜を徹しての酒盛りだろうな。ま、俺は早々に退散するよ。テレビ出演で疲れるだろうし、次の日も収穫があるからさ」

加奈がエプロンで手を拭き「無理だと思うけど」とイタズラっぽく微笑んだ。

「着任式はあなたがテレビに出演するお祝いも兼ねてるんだもの。昭一さんなんか〝DVDに録画した番組の上映会をするぞ〟って、昨日から公民館の配線を何度もチェックしてるのよ」

昭一の得意げな顔を想像し、思わず苦笑いする。島でいちばんの理系を自負する彼のこと、さぞや張りきっていることだろう。

「そこまで大事《おおごと》じゃ逃げられないな。さしずめ、まな板の上の鯛だ」

調理中の鯛をつつき、わざとらしく嘆いてみせる。

自分が出ている映像を目の前で見られるのは面映《おもは》ゆいが、島民が喜んでくれるならば甘んじて受け入れるしかあるまい。もっとも、恵里奈は退屈して「アニメに変えてよ」と愚図るかもしれないが。

そういえば——恵里奈は。

そのときはじめて、愛娘の姿が見えないことに気がついた。

いつもなら帰宅するなり駆けだしてくるのに、今日は迎えにすら来ない。

「……恵里奈はどこだ？」

「あら、庭にいるでしょ」

鯛に目を落としたままで加奈が答える。圭太はサンダルをつっかけて庭へ出ると、娘の名前を呼んだ。

「恵里奈、ただいま。パパだよ」

耳をすましたが、返事は聞こえなかった。

庭のまんなかに、お気に入りの人形が放置されている。違和感が頭をよぎった。最近、絵本の影響で〈おかたづけ〉に夢中の恵里奈が、こんな真似をするだろうか。

「いない？　さっきまで遊んでたんだけど……」

不穏な空気を察したのか、縁側から加奈が顔を覗《のぞ》かせた。

「主太を迎えに、農園まで行ったのかな？」

「いや、一本道だけどすれ違わなかったぞ」

思わず顔を見あわせる。

「ちょっと農園を見てくる」

「お願い」

スニーカーに履き替えるため、庭から玄関へまわる。

と——サンダルが固いものを踏んだ。

足をあげると、空っぽのペットボトルが転がっていた。ピンクのラベルに〈イチゴミルミル〉の文字が躍っている。

瞬間、昼間の記憶がよみがえった。

あの、怪しい男。

正気ではない目をした男。

「アブない男……ですか」

獣の体臭に顔を歪《ゆが》めながら、真一郎は純に訊ねた。

倉庫の床には巨大なプラスチックトレイが置かれ、その上に先ほどのイノシシが横たわっている。処理を頼みに訪れたところが、純から「運搬を手伝えよ」と半ば強制的に命じられ、ふたりがかりで汗だくになって倉庫へ運びこんだ代物だった。

はじめて足を踏みいれた純の倉庫は、独特な空気に満ちていた。壁にはシカの角や頭部の剝製が飾られ、その隙間をぬうように無数の工具や刃物が置かれている。巨大な業務用冷蔵庫が、裸電球の鈍い光に照らされて白く輝いていた。室内の隅にある錆《さ》びついたロッカーには、いったいなにが入っているのだろう。

ここで純が黙々とシカやイノシシを捌いているのか──その様子を想像しただけで吐き気がこみあげてくる。真一郎は昔から暴力や残酷な光景が大の苦手だった。

一刻も早く駐在所へ戻って日報を書きたかったが、昔から強気な純には逆らえない。仕方なく手を貸していたそのさなか、不審人物の話を聞かされたのである。

「ああ、怪しい男だったよ。観光客だとは思うけど、ちょっと雰囲気が異様でさ。だから真、見かけたら職質してくれ。なんなら逮捕してもいいぞ」

「あ、でも職務質問できるのはあきらかに挙動が異常な場合や、犯罪を犯そうとしている場合だけなんです。それも、あくまで任意じゃないと……」

口を閉じろといわんばかりに、純がイノシシの死骸へナイフを突き立てた。

「あいかわらず理屈っぽいヤツだな。真面目なのはいいが、そんな話は島の誰も聞いてくれねえぞ。もう岡崎さんはいないんだ、しっかり島を守ってくれよ」

守る。島を守る。かさぶたになる——。

口のなかでそっと呟いた直後、電子音が倉庫に鳴り響いた。

「お、圭太だ」

純がポケットからスマホを取りだし、耳にあてる。

「おう、どうした……え？　誘拐？」

声の調子が低くなった。倉庫内の空気が変わる。

「さっきの男ってどういうことだ……なるほど、わかった。すぐに真と向かうよ。ちょうどウチに来てたんだ。じゃあな」

険しい表情のまま、純が通話を終える。

「……恵里奈ちゃんがいなくなった。あの妙な男が拐《さら》った可能性もあるらしい」

「え」

絶句する真一郎をよそに純が錆びついたロッカーの鍵を開け、革のケースから一挺《いっちょう》の散弾銃を取りだした。

「ちょ、ちょっと！　それはさすがに……」

「弾は入ってねえよ。あの男に会ったら、こいつを見せて脅すだけだ」

「そ、そんなの脅迫罪になりますよ。銃刀法にも抵触します」

「知ったこっちゃねえ」

「け、けれど」

戸惑う真一郎に構うことなく、純は弾が装塡されていないか確かめている。

「御託を聞いてるひまはねえんだ。俺は港を探すから、真は駐在所に向かってくれ。もしかしたら、迷子になった恵里奈ちゃんが来てるかもしれない」

「わかりました……でも、やっぱり銃はマズいですって」

「あのなあ、いざというとき誘拐犯を撃つのはお前なんだぞ。その腰に下げてる銃は、オモチャじゃねえんだろ」

「僕の役目……」

自分が――撃つ。想定外の言葉。ホルスター越しに銃を握る。

ずっと装着していたはずなのに、いきなり腰の重みが増した気がした。

Ⅷ

「恵里奈！　恵里奈！」

娘を発見できぬまま、気づけば圭太は農園と隣接するビニールハウスの手前まで辿《たど》りついていた。

闇に白く浮かびあがる半透明のフィルムは、さながら幽鬼を思わせる不気味さに満ちている。三十分前まで自分がいた場所とは思えぬ、不穏な気配が漂っていた。

「恵里奈、恵里……」

呼びかけながら進んでいた足が、途中で止まる。

なにかが軋むような規則正しいリズムに合わせ、人影が動いていた。

足音を立てぬよう近づき、ハウスのなかを覗く。

男が恵里奈の自転車にまたがり、サドルへ股間を前後に擦《こす》りつけていた。

スマホに目を落としているらしく、鈍い光が顔に反射している。耳を澄ますと、かすかに女の喘《あえ》ぎ声《ごえ》が聞こえた。どうやら、卑猥《ひわい》な動画で自身を慰めているらしい。娘が関わっていなければ、金を積まれても見たくない光景だった。

そうだ――恵里奈。

周囲を凝視したものの、ハウスのなかに男以外の姿は見あたらない。

どうする、圭太。

急襲して詰問するか。だが、お前だけでそんな無茶ができるのか。

男の目つきを思いだし、改めて寒気をおぼえる。

単独では無理だ。勝てない。そもそも対峙《たいじ》に耐えられない。

ならば——彼らの力が必要だ。

深呼吸をひとつしてから、圭太はスマホをそっと取りだした。

通話履歴を開き、純の番号を押す。

「……ビニールハウスだ。真にも来るよう言ってくれ」


「あれ……あんたたち、昼間のイチジク屋じゃん」

ビニールハウスへ入ってきた圭太と純に気づき、男がスマホから顔をあげた。

あいかわらずピンクの自転車にまたがっているが、心なしか表情が先ほどよりもすっきりしている。理由は——考えたくもなかった。

「あなた、人の敷地でなにをしているんですか」

「へへ、散歩してたら〈生理現象〉を催しちまってね。自家発電してたんだよ」

棒をしごくようなジェスチャーを見せ、男が舌なめずりをする。

「自転車から降りてくれませんか。不法侵入です。出ていってください」

威圧的に伝えたつもりだったが、相手はそしらぬ顔で木々を眺めている。

「へえ、イチジクってこんな感じの木なんだな。知らなかったよ」

「さっさと降りろ！」

痺れをきらして純が怒鳴る。

男が真顔に戻り、自転車からのっそり立ちあがった。

「……んだよ。せっかく辺鄙《へんぴ》な島まで来てやったのに、ひでえ態度だな」

「恵里奈ちゃんはどこだ」

「あ？　誰だそりゃ」

「この自転車の持ち主だよ。お前、圭太ん家の庭に無断で入ったらしいな」

「ああ……あのお嬢ちゃんはそっちの男の子供か。へえ、恵里奈っていうんだ」

男が親指で唇を拭う。

その仕草を見るなり、純が圭太を押しのけて前に進みでた。

「お前……まさか恵里奈ちゃんを」

「安心しろ、まだ手は出してねえよ。俺は好きなものを最後に食うタイプなんだ」

「……ふざけんな！」

純が猟銃を構えた。怒りで身体が小刻みに震えている。

しかし、標的《ターゲット》の表情に変化は見られない。

「おや、レミントンか。俺はベレッタのほうが好みだけどな」

「ち、近づくな！　顔が吹き飛ぶぞ！」

大声で威嚇する純を、男が鼻で笑った。

「弾丸なんか入ってねえくせに。お前とおんなじ、タマなしだろ」

純は答えない。答えられない。

「舐《な》めんなよ。さっき〈ベテラン〉だと言っただろうが。こっちは年季が違うんだ。本気で殺す気があんのかどうか、ちょっと見りゃわかるんだよ」

男が、じわりと距離を詰めていく。物騒な科白に怯み、ふたりは思わず後退《あとずさ》った。

直感する——眼前の怪物は、嘘などついていない。

殺されそうになった経験があるか、あるいは反対に——殺す側の人間だったか。

いったい何者だ、こいつは。

刑事、ヤクザ、格闘家、傭兵《ようへい》。生業《なりわい》を推察してみるが、どれも違うように思えた。もっと深い闇に住む、自分などが触れてはいけない世界の住人のような気がした。そうとでも考えなければ、あの邪悪すぎる目の説明がつかない。

いつのまにか、男に呑《の》まれている自分に気づく。

身体が動くのを拒んでいる。心が恐怖に染まっている。

こちらの怖気《おぞけ》などお構いなしに、男は上機嫌で口笛を吹いていた。

「そうか、恵里奈ちゃんていうのか。可愛いよな。あのくらいの年齢は下着も靴もおしっこの甘いにおいがするんだよ」

そう言いながら、男が苗木の陰からなにかをつまみあげ、ぺろりと舌の先で舐める。

見慣れた履物——恵里奈のサンダル。

「……なにしてんだ、この野郎！」

激昂《げきこう》した純が、さらに一歩前へ進みでる。

と、銃口が下がった隙をついて男がすばやく組みついた。銃身を両手で握りしめ、純から猟銃を奪いとろうとする。

まずい——圭太も男に摑みかかり、指を引き剝がしにかかった。

「おい！　離せッ」

「うるせえ！　ガキより先にテメエらを殺してやる！」

男が猛獣のように吠《ほ》え、手足を力強く振りまわした。

めちゃくちゃに暴れているようで、的確に圭太と純を殴りつけてくる。さすがは〈ベテラン〉だと感心しつつ、振りほどかれないよう耐えるのが精いっぱいだった。

このままでは、いずれ銃を奪われる。そうなったら終わりだ。弾丸がなくとも、この男ならばなんとかするに違いない。

どうすれば、どうすれば——。

「う、動くなぁ！」

突然の裏返った声に、三人が揉《も》みあった姿勢のままで止まる。

ハウスの入り口に真一郎が立っていた。

新米警官は胸の前で拳銃を構え、銃口をまっすぐにこちらへ向けている。

だが、引き鉄《がね》にかけた指先は震え、照準もまるで定まっていない。あんな状態でうっかり発砲されれば、自分たちまで被弾しかねないのはあきらかだった。

「ま、待てや。わかったわかった、降参だ」

どうやら男も即座に真一郎の〈銃の腕前〉を悟ったらしい。抵抗をやめ、圭太と純に押さえつけられたままで手を挙げている。

「あの子に手は出してねえ。本当だ。俺がヌイてるあいだにどっか行っちまった」

男が愛想笑いを浮かべて弁明した。おいそれと信じられる説明ではなかったが、まずは真一郎をなんとかしなくてはいけない。

「真、落ちついて引き鉄から指を離すんだ」

「で、でも男が逃げちゃったら……」

狼狽《うろた》える警官に向かって、純が叫んだ。

「バカ、手錠だッ。手錠をよこせ!」

「あ、そうか。は、はいッ」

真一郎が空いている手を腰へ伸ばす。指が震え、なかなかチェーンがはずれない。

「おい、いったん銃をしまってから……」

苛立った純が、再び真一郎へと呼びかける。無意識に力が抜け、わずかに拘束が緩んだ。その瞬間を、獣は見逃さなかった。

「おらあッ！」

男が純の下腹部を膝で思いきり蹴りあげる。呻《うめ》きながら親友がうずくまった直後、電流のような痛みが圭太の指から肩の先まで走った。

男が、手首へ深々と嚙《か》みついていた。

反射的に拘束を解くなり、男が真一郎へひといきに近づいて拳銃をもぎ取る。

「……形勢逆転、俺の勝ちだな」

憤怒とも愉悦ともつかぬ表情を浮かべ、男が拳銃をハウスの脇へ放りなげた。

「田舎者がナメた真似しやがって。よし、計画変更だ。お前ら全員を殺してから、ポリ公の制服で島を出てやる。その格好なら、この先なにかと都合がいいからな」

短く悲鳴をあげる真一郎を見て、男が愉《たの》しそうに笑った。

真っ赤な歯が剝《む》きだしになる。唇の端から血がひとすじ、顎を伝って落ちた。

「おいおい、ビビって漏らすなよ。せっかく服を汚さないよう素手で殺そうとしてるのに、小便でズボンが穿けなくなるじゃねえか。どうせだから脱ぐのを手伝ってやろうか。安心しな、優しくしてやるよ。俺は男もイケるクチなんだ」

言いながら、男がズボンのポケットへ手を伸ばす。

凶器か——刺すつもりか、それとも斬るのか。

このままでは真一郎が危ない。純が危ない。恵里奈が危ない。

島が、危ない。

「うおおぉッ！」

気づいたときには、足が勝手に動いていた。怒りが恐怖を吹き飛ばしていた。

「お、おい、ちょっと待て……」

男が突進してくる圭太に気づき、慌てて身構える。

遅かった。

脱ぎかけのズボンにしがみつき、そのまま体重を乗せる。男がバランスを崩し、もつれるように後方へと倒れこんだ。

どぢゃ――。

西瓜《すいか》を踏み潰したような水っぽい音が聞こえ、あたりに静寂が戻る。

そのまま一分が過ぎ、二分が経ったころ、ようやく圭太は我に返った。

ふらふら起きあがり、朦朧《もうろう》としながら再び組みかかろうとして――異変に気づく。

男は仰向《あおむ》けのまま、感電したかのごとく手足を震わせていた。目や鼻から赤黒い液体が流れ、口からは吐瀉物《としゃぶつ》がごぼごぼと溢れている。

「おい……おいッ。しっかりしろッ」

何度肩を揺さぶっても反応はなかった。圭太が呆然《ぼうぜん》とするなか、男は虚空を見つめてしばらく痙攣《けいれん》していたが、まもなく動かなくなった。

「きゅ、救急車を。救急車を呼ばないと」

「……無駄だよ」

いつのまにか起きあがった純が、爪先で男の頭をつつく。

後頭部が、コンクリートブロックの角に刺さっていた。

昼食のときにレジャーシートを留めた、あのブロックだった。

「イノシシが絶命するときも、さっきみたいに痙攣する。もう……死んでるよ」

どくどくと赤黒い血が流れ、ブロックを伝って地面に吸われていく。

信じられなくとも、信じたくなくとも、親友の言葉が正しいと悟る。

「死んだ……いや、違う。俺が殺した……」

がくりと膝をつき、ぽつりと漏らした――次の瞬間。

「圭太！　いるの？」

ビニールハウスの外から、加奈の声が近づいてきた。とっさに返事をしようと立ちあがりかけた圭太を、純が押し留める。

「ハウスに入れるな。ひとまず遣り過ごせ」

「で、でも」

「家族に死体を見せる気か」

純はそれだけ短く言うと、木の下にさっと身を伏せた。真一郎もそれに続く。

ふたりを数秒見つめてから、圭太は入り口へ小走りで進んだ。

頬を撫でる生ぬるい夜気が、いつも以上に不快だった。

Ⅸ

ハウスの外では、恵里奈が加奈のエプロンにしがみついていた。

「さっき帰ってきたの。庄吉さんのところで遊んでたみたい」

「……勝手にお出かけして、ごめんなさい」

叱られると思ったのだろう。顔じゅうを涙でしとどに濡らしている。

「いいんだ……無事で良かった。本当に良かった」

娘の前にしゃがんで、力いっぱい抱擁する。カミナリを落とされずに安堵したのか、恵里奈が「ねえパパ、お腹空《なかす》いちゃった」と微笑んだ。

「そうだな。お父さんもすぐに行くから、先に帰ってなさい」

「すぐに行くって……なにかあったの？」

眉をひそめていた加奈が、圭太の手首を見て叫び声をあげる。

「ちょっと、血まみれじゃない！　どうしたの！」

　そのときはじめて、自分の手が赤く染まっているのに気づいた。とっさにポケットへ突っこみ「なんでもない」と答える。

「作業中にうっかり切ったんだ。大丈夫だよ」

「うっかりって……そもそも、どうしてこんな夜中に作業をしていたの？」

　怪我の様子を確かめようとする加奈を押し留め、「違う違う」と笑って答える。

「作業ってほどのことじゃない。ちょっとイチジクの様子を確認していただけだ。心配ないから、先に帰っていてくれ」

「そう……じゃ、家で待ってるね」

　恵里奈の手を引きつつ、加奈が何度もこちらを振りかえりながら、家の方角へ遠ざかっていく。

　その姿がすっかり見えなくなるまで、圭太は闇を睨み続けていた。

　ビニールハウスへ戻ると、純と真一郎が男を囲んでいた。

　安堵感が一瞬で消え失《う》せ、冷たい現実が胸に流れこんでくる。

「息を吹きかえしたり……してないよな」

　返事はない。それが返事だった。

「ち、違うんだ。殺す気なんてなかったんだ。こいつが凶器を出そうとして」

　圭太が男の脇に屈みこんでポケットへ手を突っこむ。だが、どれほどまさぐってみても、ポケットにはなにも入っていなかった。

「……そんな」

「お前が加奈さんと話しているあいだに、俺も調べてみた。ポケットは空だったよ。たぶん、また〈自家発電〉でもしようと思ったんだろ。あるいは、真を相手に……」

　純が途中で言葉を止めた。

「じゃあ……俺は、勘違いで人を殺したのか」

「違うって。これは正当防衛だよ。な、そうだろ」

　同意を求める純をちらりと見て、真一郎が唾を呑んだ。

「ええと……刑法三十六条では〝正当防衛は、急迫不正の侵害に対するものでなければならない〟と定められています」

「おい、俺のオツムでもわかるように説明してくれ」

「急迫不正というのは差し迫った違法行為って意味です。いきなり襲ってきたとか、監禁されているとか。今回の場合、この男から襲ってきたわけではないので要件は満たさないかと……」

「でも、こいつは真の銃を奪ったんだぞ。それは正当防衛にあたらないのか」

　圭太の問いに、真一郎が表情を曇らせた。

「たしかに正当防衛と判断される可能性はありますが……まずは先に銃を向けた人間の責任が問われると思います。つまり僕は停職……いや、免職でしょうね」

「そんな小理屈、知ったこっちゃねえよ」

純が軍手をはめ、イチジクの脇に転がっている鍬《くわ》を手にした。

「要件を満たさねえってんなら、満たしてやるだけだ」

男の手へ鍬を握らせようとした純を、慌てて真一郎が止める。

「ちょ、ちょちょ、待ってください！　凶器を持っていたと偽装するつもりですか」

「銃のことを話せねえ以上、ほかに方法なんかねえだろ」

「偽装がバレたら、それこそ一発で捕まりますよ。こちらに殺意はなかったと証明できれば、不起訴になる可能性もゼロじゃないんですから」

「ゼロじゃないってことは、起訴される可能性もあるってことだろうが」

「それは、まあ……」

真一郎が押し黙る。鍬を放りなげて、純が搾りだすように唸《うな》った。

「ちくしょう、なんでこんなヤツのために……よりによってテレビが来る前日だぞ」

はっとする。

そうだ、明日はテレビ局一行が島にやってくるのだ。

もし、そんなタイミングで殺人事件が明るみになったら——。

イチジクよりもはるかにセンセーショナルな話題を、彼らが放っておくとは思えない。絶対に生中継で騒ぎたてて、全国に伝えるだろう。

そんなものを流されたら最後だ。殺人にいたった事情など視聴者には関係ない。島のイメージは殺人一色になり、イチジクの価値はとことんまで落ちる。

砕いた氷を血管へ流しこまれたように、身体が芯から冷えていく。

全身の力が抜け、圭太はその場に崩れ落ちた。

「終わりだ。もう……終わりだ」

四《よ》つん這《ば》いで嗚咽《おえつ》する親友を、純が激しく揺さぶる。

「しっかりしろよ。島を守るんだろ。ヒーローなんだろ。みんなは、お前のイチジクだけが頼りなんだぞ」

「その黒イチジクの下で、俺は人を殺したんだよ。正当防衛が認められたとしても、そんなの意味がない。島も、俺もおしまいだ」

「そんな弱気でどうすんだよ！　加奈さんと恵里奈ちゃんはどうなるんだよ！」

「おしまいだよ、全部おしまいだよ……」

這いつくばって泣きじゃくる圭太と、その背中を抱いたまま怒鳴りつける純。

ふたりを呆然と眺めながら、真一郎の頭のなかでは岡崎の言葉が反響していた。

良き警官は、社会のかさぶたになるべし――。

猪狩島を守ることが、真ちゃんの役目なんだ――。

頼んだぞ、頼んだぞ、頼んだぞ――。

「あの……あの！」

ふたりが新米警官を見あげる。

「僕、島の血を止めます。かさぶたになります」

「……なんの話だ」

「純さん、倉庫から大きめのビニールシートとロープを持ってきてください。あと、手押し車もありましたよね」

真一郎の発言の意味に気づき、圭太が目を見開いた。

「おい、死体を隠蔽《いんぺい》しようっていうのか」

「違います！　テレビ局が帰るまで、すこしのあいだ隠しておくだけです」

戸惑う圭太たちの前にしゃがみ、真一郎が目線を合わせた。

「圭太さん……本当にいいんですか。こんな得体の知れない男のせいで、努力してきたすべてが台無しになっても」

「真……」

答えあぐねている圭太を横目に、純が起立した。

「悩んでる時間がもったいねえ。すぐに隠そう」

「でも……隠すと言ったって、どこに」

「ちょうどいい場所を知ってる。大人ひとり保管できてめったに誰も来ない。おまけに冷蔵設備も完備してるから、すぐに腐る心配もない」

「それって……もしかして」

「ああ、俺の倉庫に運ぼう」

X

「……おい、あまり急ぐなってば」

手押し車から転がりそうになる死体をとっさに押さえ、純が小声で叫んだ。

「こいつが落っこちたら、また汗だくで乗っけなくちゃいけねえんだぞ」

「そう言われても……轍《わだち》を越えるには、それなりのスピードで進まないと」

「ほんとに屁理屈ばっかだな。警官らしく法定速度を守れよ」

純の軽口に納得いかない顔で、真一郎が再び手押し車を押しはじめた。両脇では、圭太が死体を支えながら並走している。

数分前——純が持ってきたシートで梱包《こんぽう》した男の死体を手押し車に乗せ、三人はハウスを出発した。「この時間にうろつく人間なんていないだろう」との判断から、畑沿いの畔道を進んでいる。

だが、人に会う危険が低い反面、未舗装の農道はなんとも厄介だった。運びやすいよう包んでいるとはいえ、死体は頭部と足が手押し車からはみだしており、ひどくバランスが取りにくい。おかげでここまで三度、ずり落ちた死体を乗せなおしている。加えて嚙まれた手首が痛み、まともに力が入らない。

それでも休憩を取る気はなかった。誰かに見つかったら、そこですべてが終わる。一刻も早く倉庫へ、純の倉庫へ――。

「あ、倉庫だ！」

真一郎の声に顔をあげる。

百メートルほど前方、月明かりの下にトタン葺《ぶ》きの建物が見えた。

肩で息をしていた純が、安堵の息を漏らす。

「頑張れ、みんな。あと二、三分も行けば……」

励ましの言葉は最後まで続かなかった。

突如、かたわらの藪《やぶ》が大きく揺れ、物陰から人影があらわれたからだ。

「うわあッ」

驚いた真一郎が手を離す。はずみで手押し車が傾《かし》ぎ、シートの隙間から小御坂の生白い足が覗いた。

「……しょ、庄吉ジイちゃん」

姿を見せたのは横田家の老人、庄吉だった。

「なにしとんだ、お前らぁ」

「ジイちゃんこそ……こんなところで、なにを」

「畑仕事から戻る途中で小便がしたくなってな。なんだおまわり、捕まえるか」

「い、いいいえ。現行犯ではないので摘発はしません」

真一郎が首を横に振りつつ、そっと立ち位置を移動して手押し車を隠す。庄吉はまるで気づいていないのか、〈見知らぬ警官〉を睨んでいた。

「最近はおまわりも役人もなっとらん。本当に悪いヤツを懲らしめず庶民ばかり苛《いじ》める。ワシの若いころなんざ、悪党なんぞ殺されても誰も文句は言わんかったぞ。ワシ自身、何度となく悪い連中と切った張ったの大立ち回りを……」

昔を思いだすうちに興奮したのか、庄吉が腰にぶら下げたナタの柄を握りしめる。かつては圭太や純を実の孫のように可愛がってくれた庄吉だが、最近はすっかりと衰え、発言が支離滅裂になっている。

愛する島の仲間が老いていくのは切なかったが、いまは憂いている場合ではない。

庄吉が武勇伝を回顧している隙に、圭太が死体の足をブルーシートに押しこめ、純が手押し車にすばやく乗せなおした。

横目で作業終了を見届けた真一郎が、庄吉へ敬礼する。

「先輩のご指摘を肝に銘じ、本官も精進します！　それでは失礼しま……」

「で、なにを運んどるんだ」

ぎょっとする。耄碌《もうろく》しているようで意外と目ざとい。

「あの、ええと、これは」

「イノシシだよ」

今度は純が助け舟を出した。いつもどおりのフランクな口調で庄吉に近づく。

「農園近くで死んでいたもんでさ、ウチの倉庫に運ぼうと思って」

「昼もイノシシ、夜もイノシシ。さすが猪狩島だな。どれ、大きさは……」

「ちょ、ちょっとジイちゃん！　近づいちゃダメだってば！」

シートを覗きこもうとする庄吉の前へ、慌てて純が立ちはだかった。

「病気で死んだイノシシかもしれねえから、ヤバい菌がついてる可能性があるんだ。ちゃんと検査して大丈夫なら、処理済みの肉を届けるからさ」

「そいつは楽しみだ。明日の集まりでは食えるのか？」

「ええと、もうすこし肉を熟成させなくちゃいけねえから、明日はちょっと」

「そうか……残念だな」

「じゃあ、そういうことで」

純がふたりへ目線を送り、再び手押し車を動かす。

「おい、お前ら」

立ち去ろうとする三人へ、庄吉が太い声で呼びかけた。

「困ったことがあったら、すぐにワシへ相談しろよ。お前らは島の財産だ。どんな揉め事でも、なんとかしてやるからな」


倉庫に着くや、純が死体を肩に担いで冷蔵庫へ放りこむ。

扉を閉めて鍵をかけるなり、全員が脱力してその場に尻餅をついた。

「あの……庄吉さん、大丈夫ですよね。最後は正気に戻っていたみたいですけど」

「問題ねえよ。食った直後に〝メシはまだか〟と騒ぐんだぜ、俺たちに会ったことなんてすぐに忘れちまうさ」

真一郎の不安を、純が一笑に付した。圭太は疲労のあまり口を利けずにいる。

「そもそも、庄吉ジイちゃんの畑なんて何年も前に潰れてるんだぞ」

「えっ、そうなんですか」

「ああ。本人はまだ畑があると思いこんで、ああやってナタを手に徘徊してるのさ。〝頑《かたく》なに土地を売ろうとしないもんで、税金ばかりかかって困る〟って、昭一さんが愚痴ってたよ」

「そうか。だったら安心……ですよね、大丈夫なんですよね」

すがるような目で、真一郎が同意を求める。

純がちいさく頷き「そんなことより」と、冷蔵庫の扉を拳で叩いた。

「問題は、運んできたこの男だ。なあ、いったい何者なんだよ」

「ひととおり所持品を調べましたが、身元がわかるものはありませんでした。唯一、スマホは持っていましたけど……メールも電話番号も空っぽで」

「じゃあ、ひとまず誰かが連絡してくる可能性は低いってことか」

「そう願いたいな」

圭太が肩で息をしながら、ようやく口を開く。

「仮に家族や恋人がいたとしても、行方不明と気づくには時間がかかる。この島の存在を知るのはさらに先の話だ。明日や明後日やってくることはないと思う。だから、テレビ中継が終わってすぐに処理すれば……なにも問題ないよ」

問題がないだと。

本当か。本当にそれほど上手《うま》くいくと思っているのか——。

もうひとりの自分が問いかけてくる。圭太は答えられない。

押し黙る親友に、純が「圭太、そろそろ家に戻れ」と告げた。

「あんまり遅いと怪しまれるぞ。まずは……明日を無事に乗りきろうぜ」

促されるままに倉庫を離れ、数歩進んだところで圭太はその場に嘔吐《おうと》した。

吐き気がする。

自分に。これからの日々に。運命のいたずらに。

俺は今夜——人を殺した。そして、その汚れた手で娘を抱きしめた。

もう戻れないのか。進むしかないのか。

呼吸を整えて唇を拭い、拳を握りしめる。

指先には、誰かの肌の感触がうっすら残っていた。

それが娘のものなのか、男のものなのか——わからなかった。

XI

「あの……」

正直、鈴木恵子は戸惑っていた。

「夜に会うはずだった父から連絡がない」と、警察に訴えたのが二、三時間ほど前。

父の賢治は七十歳を迎えた現在も矍鑠《かくしやく》としており、会話も車の運転も支障はない。

とはいえ年齢を考えれば、なにがあっても不思議ではない。そこで杞憂《きゆう》に終わると思いつつも、念のため最寄りの署へ行方不明者届を出したのだが――。

いま、目の前には刑事がふたり座っている。

おまけに、殺人をあつかう捜査一課の人間だというではないか。

「鈴木さん、どうなさいました」

女性刑事が、こちらの様子をうかがっている。

先ほど名刺を貰ったが――たしか、青木千尋《あおきちひろ》といっただろうか。

ストレートの黒い長髪に、かっちりしたスーツ姿。先日ドラマで目にした女刑事そのままの、いかにも敏腕でございといった風貌をしている。

「いえ……ちょっとびっくりしちゃって。ドラマなんかだと、捜索願を出したのにちっとも捜査してもらえない……なんて場面がよくあるでしょ。だから、その夜のうちに刑事さんがふたりも訪ねてくるなんて、意外で」

「こんな真似しないんですけどね、普通は」

もうひとりの刑事、畠山努《はたけやまつとむ》と名乗った中年の男が無愛想に呟く。

丁寧な応対に徹する青木とは対照的に、来訪したときからすこぶる態度が悪い。襟を立てた黒いコートに、ワックスで撫でつけた半端に長い髪。青木が敏腕なら、畠山はひと昔前のドラマに出てくる不良刑事そっくりだった。

「国内の行方不明者届出受理数、およそ八万人。全員を捜すなんざ不可能なんです。とりわけ対象が成人の場合、事件に巻きこまれた可能性や自殺をほのめかす証拠がないと、警察はほとんど動きません。本来ならあなたのオヤジさんも、届出を受理したままになっていたでしょうね。ただ……」

そこまで言ってから、畠山が顎をぼりぼりと掻いた。

「今回は、オヤジさんと一緒にいた人間がアレなもんで」

「……やっぱり、受刑者の人が関係しているんですね」

嘆息し、殺風景な和室を見まわす。

恵子の自宅ではない。父の部屋——正確には、父が〈貸していた〉部屋だ。

賢治はボランティアで保護司を請け負っていた。出所してきた元受刑者に就職を斡旋《あっせん》したり進学の手助けをしたりする仕事なのだと恵子は聞かされていた。

だが、ふたりの刑事が教えてくれたのは、さらに驚愕《きょうがく》の事実だった。

父は出所者が仕事を見つけるまで、自腹で借りたこのアパートに住まわせていたのだという。六畳一間とはいえ、年金暮らしの身には手痛い出費だったはずだ。

恵子には、なにからなにまで理解できなかった。

なぜ、そこまで奉仕するのか。

どうして、自分のために余生を過ごせないのか。

「まったく……父には呆《あき》れるばかりですよ」

思わず不満が漏れる。

「私はずっと〝止《よ》してちょうだい〟と言っていたんです。受刑者のお世話だなんて、いつ危ない目に遭うかわからないでしょ。一銭の儲《もう》けにもならないし、他所《よそ》さまに自慢できるような仕事じゃないし……」

「いいえ」

青木が、凛《りん》とした声で答える。

「お父さまの活動は非常に立派なものです。胸を張って自慢してください」

「そう……なんですか」

「法務省によれば刑法犯の再犯率はここ十数年にわたって増加傾向にあり、毎年およそ五割が再び過ちを犯しています。さらに、刑務所へ再入所する人間の七割は、再犯時に無職なんです。罪を償ったとしても元犯罪者に世間は冷たい。再犯防止のためには就労支援や雇用確保が必須なんですよ」

資料を読むこともなく、青木が数字やデータを次々に諳《そらん》じる。

彼女がどれほど再犯防止に心を砕いているのか、恵子も容易に理解できた。

「NPOや支援団体、そしてお父さまのような保護司の方に救われた元受刑者は、数多くいます。私たちは犯罪者を捕らえるのが仕事です。でも、罪を償ったあとは真っ当な人生を歩んでもらいたいと願っているんです。その支えとなってくださる方には、感謝と尊敬の念しかありません」

「……ありがとうございます」

失踪からまだ数時間あまり、胸のなかでは混乱と動揺が渦を巻いている。刑事の言葉ひとつで父への不満を覆せるほど落ちついてはいない。

それでも恵子は、救われる心持ちがした。父を肯定されたことが嬉しかった。

数秒後、畠山が口を開くまでは。

「ま、それはあくまで建前、青木みたいなエリートが好む戯《ざ》れ言《ごと》です」

想定外の発言だったのだろう、隣の青木も目を丸くしている。

「なかには、そんな常識的に考えると手痛い目に遭うやつもいます。そのひとりが、オヤジさんと一緒にいた小御坂睦雄ですよ」

畠山が胸ポケットから写真を取りだす。

胡乱《うろん》な顔の青年が、こちらを見つめていた。

眼球だけ絵の具で塗りなおしたように、現実感に乏しいまなざしをしている。

「あの……この人は、どんな罪で刑務所に」

「殺人です」

畠山が即答する。

「八歳になる少女を暴行のすえ殺害。懲役十二年、先月仮釈放されたばかりです」

「ちょっと畠山さん、あまり捜査情報を喋るのは……」

小声で窘《たしな》める青木を無視して、恵子は食い下がった。

「あの、暴行というのは〝暴力をふるった〟という意味でしょうか。それとも」

「もちろん、強姦《ごうかん》のほうです」

予想どおりの答えを、畠山はあっさりと口にした。

「本当ですか……幼い子にそんなひどいことをできる人が、この世にいるんですか」

「間違いありません。逮捕したのは俺ですから」

「畠山さん、これ以上の説明は要らないと思いますが」

青木が同僚を諫《いさ》める。

畠山は気にするふうもなく、おもむろに立ちあがって壁際の本棚を漁《あさ》りはじめた。

「捜査一課なんてところに長居してると、妙な勘が働くようになるもんでしてね」

言葉を続けながら、畠山が一冊ずつ本を確認しては床へばさばさ落としていく。父の手がかりを探しているのだろうが、あまりの乱暴さに驚いてしまう。

「犯人が心から反省しているのか、それとも上辺だけなのか、一発でわかるんです。美辞麗句をならべようが殊勝にふるまおうが、嘘を見抜けるんですよ」

「小御坂という人はどっちだったんですか、反省していたのか、嘘つきなのか」

「あいつは規格外です」

一瞬、畠山の目に黒い光が走った。

「小御坂の辞書には、反省の文字も後悔の文字もない。そもそも、もとより良心や慈悲を持ちあわせていない。言うなれば、人間の姿をした獣です」

吐き捨てながら、畠山が本棚から抜きだした動物図鑑をめくる。早計な父が「将来、孫ができたときのために」と買っていた本だった。

「コウモリやイノシシって、素手で触ると感染症になるって言うじゃないですか。それと一緒で、小御坂に関わった人間にはあいつの悪意が伝染《うつ》るんです。耐えきれず精神を病むヤツもいれば感化されて良心を捨てるヤツもいます。だから、今度こそ小御坂を駆除しなくちゃいけな……」

と、畠山がおもむろに口を閉じ、棚から大判の旅行雑誌を抜きだした。

畠山がページを開いて恵子に向ける。

空撮らしき島の写真。片隅には〈猪狩島〉と大きく記されていた。

「オヤジさん、旅好きでしたか」

「特に……好きということはなかったと思いますけど。リウマチの持病があったもので、むしろ長旅は苦手だったはずです。たいていは日帰りで」

「なるほど。じゃあ、この島はオヤジさんの旅行先でも故郷でもないんですね」

「……ししかりじま、ですか。聞いたこともない場所です」

「だとしたら、どうして印なんかつけたんでしょうね」

畠山は、黄色い付箋の貼られたページをじっと睨んでいる。

農園主らしき男性が、爽やかな笑顔でイチジクを手にしている写真。その上には、《イチジクの楽園・猪狩島のいずみ農園で一緒に働きましょう！》と記されていた。

どうやら、島の特集に便乗した求人募集の広告らしい。

「青木」

「あ、はい」

「猪狩島に行く船の発着時間を調べてくれ。明日にでも動く」

「え、でも……その島が小御坂と関係あるかどうか、まだわからないですよね」

「わからないから行くんだろ。ほら、さっさと準備するぞ」

畠山が玄関へ向かう。青木が慌てて立ちあがり、恵子に一礼して踵《きびす》をかえした。

「あの、あの」

とっさに、ふたりの背中へ呼びかける。

「まだ混乱していて、なにをお願いすべきか自分でもわからないんですけど……。でも、お願いします。父を、お願いします。もう一度父に会って、保護司の仕事について、じっくり話してみたいんです。万が一……父になにかあって、一緒にいるその人が犯人だとしたら……かならず捕まえてください」

畠山が履きかけの靴を脱いで部屋に戻るなり、恵子の前に正座した。

「もちろん、お約束します」

こちらを見つめる表情に、先ほどまでの怠惰な様子は微塵もない。

まぎれもなく刑事の顔だった。

獣を狩る猟師の顔だった。

「捜査一課は悪人を絶対に逃がしません。罪を犯した者にはかならず償わせます。どんな理由があろうと、誰であろうと」

第二章

I

DVDが再生されるなり、テレビ画面に泉圭太の顔がアップで映った。

瞬間、公民館に集まった三十名ほどの島民がどっと沸く。

「実物よりイケメンじゃねえか！」

「よっ、島の救世主！」

「全国デビュー、おめでとう！」

いっせいに囃《はや》したてる声。なかには酒瓶を箸で叩く者や、圭太のところへやってきて握手を求める者までいた。

収拾がつかなくなった人々をよそに、映像は淡々と進んでいく。

島の紹介を終えた女性アナウンサーが、湾岸に立つ圭太へマイクを向けた。

「泉さんは、なぜ黒イチジクの生産をはじめられたんですか」

一本調子の質問に、背筋を正して圭太が答える。

「この島は、長いあいだ高齢化と過疎に悩んでいました。そんな現状を打破しようと、私は新しい名産品を探し続け、その過程で黒イチジクと出会いました。それを島の栽培に適した品種にするべく、三年かけて改良したんです。とりわけ土には苦労しました。イチジクは土壌によって糖度が大きく変わります。試行錯誤のすえ、私はこの島で獲《と》れるイノシシを粉にしたものを肥料に混ぜこむことで、劇的に甘い実を作ることに成功しました。いわば、猪狩島でないと生まれない味なんです」

緊張の面持ちでコメントする圭太のバストショットから、黒イチジクのアップへ画面が切り替わる。海沿いの陽光に照らされ、黒紫色の果皮が輝いていた。

「なるほど。では、そんな黒イチジクをさっそくいただきたいと思います」

インタビューの合間にスタッフが手渡したのだろう。アナウンサーがすでに皮を剝かれた黒イチジクをレンズに向けてから、一気に口へ放りこんだ。

「……美味《おい》しい！　まるでスイーツですよ！　クリームみたいにねっとりとした食感、しつこくない甘さ……本当に絶品です！」

「でもさ、イチジクって見た目がちょっとグロいじゃん」

画面の隅にワイプで映っている男性タレントが、スタジオから口を挟む。

彼のウリが辛口トークだとは知りつつも、生産者として気持ちの良い発言ではない。自分とおなじ感想をおぼえた数人の島民が「うるせえ、バカ」「お前なんかに食わせねえよ」などと罵っている。

「でもね、この味と見た目のギャップこそが人気の秘訣《ひけつ》なんですよ」

アナウンサーの言葉で再び画面が切り替わり、皿に盛られた黒イチジクの写真が映しだされる。色彩を調整しているのか、断面が異様に鮮やかだった。

「こちらはSNSにアップされた写真です。キレイでしょ。この黒い皮と果肉の複雑な模様が〝バエる〟と大人気なんですよ。おかげで現在、いずみ農園さんには注文が殺到、島で唯一の名産品が誕生したんです！」

会場の奥から「イノシシも名産だよ」と声が飛んだ。

発言した人物——同級生の田辺純へと視線を向ける。

親友は隅の席で酒を呷《あお》っていた。テーブルに置かれた一升瓶は、すでに半分ほど空になっている。真一郎の着任式に便乗した番組上映会がはじまって、まだ三十分。どう見ても尋常な飲酒のスピードではない。

苛立ちと鯨飲の理由は——当然あの件だろう。

隣に行って、すこし落ちつかせたほうが良さそうだな。

移動しようと腰を浮かせた直後、隣に座る恵里奈がシャツの裾を引っぱった。

「ねえねえ。パパってさ、テレビだと別な人みたいだよ」

「ね、なんだか俳優さんみたいよね」

秘密を発見したように囁く恵里奈へ加奈が微笑みかえす。無邪気にはしゃぐ妻と娘をおざなりにもできず、圭太は曖昧な笑顔を浮かべて座りなおした。

後ろ髪を引かれつつ親友を見るなり、ぎょっとした。

純の後方で横田庄吉がこちらを睨んでいる。普段の呆けた様子が嘘のように、老人は表情をこわばらせていた。

やはり、庄吉は死体に気づいているのか。それを無言で訴えているのか——胸に湧く不安を打ち消そうとテレビへ視線を移し、画面を注視する。

いつのまにか、中継はすでに後半を迎えていた。

「……実は本日、町長さんにもお越しいただいているんです」

イチジクPR用のド派手なブルゾンを着た庄司華江が映るなり、補佐役の野毛二郎が激しく手を叩いた。数名がお追従で拍手をするものの、圭太が登場したときのような喝采はない。

「町長、ズバリうかがいます。猪狩島の魅力とはなんでしょう?」

アナウンサーの質問に、ひと呼吸置いて華江が口を開く。

「わたくしの島ではこの十年、犯罪が一件も起こっておりません。島民全員が手を取りあい、支えあい、穏やかな暮らしを維持し続けているんです。それがこの島いちばんの魅力です。平和だからこそ、美味しいイチジクが生産できるのです」

そこまでひと息で喋ると、華江がテレビカメラを正面から見据えた。

「本当に豊かな生活とはなにか。その答えがわたくしの島にはあります。大自然にコミットした住環境、イチジク農園による雇用の拡大。都会にありがちな悩みなど、猪狩島にはひとつもありません。ぜひとも猪狩島へ遊びにきてください！　そして有能なみなさん、ぜひわたくしの島で一緒に働き、穏やかで、健やかで、豊かな人生を送ろうではありませんか！」

華江のコメントはさながら選挙演説のようだった。島民の多くも圭太と同様の感想を抱いたのか、どことなく白けた空気が漂っている。ただひとり、野毛だけがこれみよがしに何度も頷いていた。

画面がスタジオへと切り替わる。司会のお笑い芸人がひとくさり感想を述べてから、大学教授だというコメンテーターの男性に話を振った。

「浦辺《うらべ》先生、猪狩島のイチジク、いかがでしたか」

「そうですね。イチジクという果物は西洋では〈禁断の実〉と呼ばれているんです。旧約聖書に登場するアダムとイヴは、リンゴを口にした罪でエデンの園から追放されたと言われてますよね。ところが聖書は単に〈果実〉と書いているだけでリンゴという証拠はないんですよ。いっぽうアダムとイヴは全裸を恥じて、イチジクの葉で裸を隠しました。そのため一部のキリスト教徒は〝イチジクこそが禁断の果実だった〟との説を唱えているんです。現に、イタリアにあるシスティーナ礼拝堂の天井に描かれた宗教画では、イチジクを禁断の実として描き……」

「はい！　ということで浦辺先生の貴重すぎるお話でした！」

司会者が話の腰を折り、スタジオに笑いが起こる。どうやら教授の長広舌を中断するのが、一種のお約束になっているらしい。

なにが禁断の実だ、まるでイチジクを植えた者が不幸になるみたいじゃないか。

憤る圭太をよそに〈停止〉の文字が画面に表示され、集会場が明るくなる。

すかさず野毛が前に出てマイクを握った。

「以上、本日のテレビ中継の上映会でした！　いや、町長の言葉は胸に沁《し》みますね。この島の未来をいつも考えてくださっている……本当に感謝しかありません」

「俺は、そう思わねえけどな」

野毛のおべんちゃらを遮って、ひとりの島民が声を荒らげた。すでにずいぶんと盃《はい》を空けているらしく、顔が真っ赤になっている。

「なんだ、さっきの発言は。余所者を働かせりゃ島の未来が明るくなるのか。俺は反対だ。稼ぎが奪われ、島のルールも破られる。絶対ロクなことにならねえぞ」

「いいえ、町長はいつも島民ファーストです。島のみなさんが不利益を被るような事態は起きません。働き手が増えれば、それだけほかの産業も活性化するんですよ」

野毛が愛想笑いを浮かべ、必死に酔漢を取りなす。いっぽう、糾弾されたはずの華江は微笑をたたえている。さして動じた様子はないのが不思議だった。

「私も……賛成とは言いがたいな」

奥のテーブルから手が挙がる。

発言の主は山下伸介《やましたしんすけ》――猪狩島唯一の診療所に勤める医師だった。

十年ほど前、「故郷に恩返しがしたい」と東京の大学病院を退職、猪狩島へ戻ってきた人物である。早朝だろうが深夜だろうが嫌な顔ひとつせずに診療してくれると評判で、島には信奉者も多い。

そのような人間の異論とあって、さすがに野毛も若干たじろいでいる。

「イチジクの生産拡大おおいに結構、若い就労者の募集も大歓迎です。けれども、本当に優先すべきはそこでしょうか。ご存知のとおり猪狩島にはちいさな診療所がひとつあるばかりです。薬品も機器も残念ながら充実しているとはいえない」

島民がいっせいに首を縦に振る。

「医療だけではありません。教育だって問題だ。小学校の校舎はすでに築四十年。未就学児童のための施設もない。圭太くんがインタビューで言っていた高齢化と過疎化は、未解決のまま。そこをなんとかするのが行政の役目ではないでしょうか」

ぐうの音も出ない正論。野毛はなにも言えず、華江に無言で助けを求めている。

と、〈女王〉がしずしずと前に進み、山下を正面から見据えた。

「……では、先生のご要望にお答えしましょう」

「なんだと」

予想外の返事に、山下が戸惑う。

「実はこのたび、島をあげてのイチジク生産計画が評価されて、猪狩島に地方創生推進交付金が支給されることがほぼ決定しました。その額……五億円です」

「なんだって！」

「五億だと！」

どよめきが起こる。みなが顔を見あわせ、ぽかんと口を開けていた。

場内の反応に満足げな表情を浮かべてから、華江が説明を再開した。

「交付金を使い、病院はもちろん小学校も新設するつもりです。イチジク加工場、観光客向けの物産館、イチジクを味わえるレストラン、海浜リゾート施設の建設も視野に入れています。つまり、交付金はすべて島の未来に還元するつもりなんです。この庄司華江、島民ファーストの公約に嘘いつわりはありません。ですから」

そこで言葉を止めると、華江は山下へ手を差しのべた。

「先生……病院新設の際は、院長をお願いできますか」

全員が見守るなか――一瞬だけ躊躇してから、山下が前へ進み出て力強く握手をする。

そこからはもう大変な騒ぎだった。

万歳三唱する者、泣きだす者、なかには町長に抱きつく者までいる。そんな目の前の熱狂を眺めつつ、圭太は華江のしたたかさに舌を巻いていた。

なにが「決定していないから黙っていろ」だ。最初から、島民が一堂に会する真一郎の着任式で電撃発表する腹づもりだったに違いない。おかげで先ほどの反対意見など、巧妙に揉み消されてしまった。

町長支持派ではない山下医師へ鼻薬を嗅がせた手腕にも感心する。

僻地《へきち》救済を名目に故郷へ戻ってきた山下だが、実際は院長選挙で敗北したすえに大学病院を追われたと聞いている。たかが離島の病院とはいえ、院長の肩書きには心が動いたはずだ。

直観する。いちばん油断がならないのは町長だ。

表むきこそ仲のよい島民だが、裏を覗けばわずかな綻びや諍《いさか》いなど無数にある。そのちいさな亀裂を、華江は見えない糸で巧みに縫いあわせ、強引に繋《つな》いでいた。

良く言えば結束だが、悪く言うなら拘束だ。糸を結ぶもほどくも彼女の考えひとつ。島の命運は彼女が握っている。あの死体とて華江に知られたが最後、どのように利用されるかわかったものではない。

そうだ——死体。早く処理しなくては。

騒ぎのなかで忘れていた現実が、一気に襲ってくる。焦燥のままに公民館を抜けだそうと人波を掻きわける圭太の背中へ、華江が声をぶつけた。

「あら、まだ今日の主役に挨拶してもらってなかったわね」

町長の視線を追って、全員が圭太に注目する。

加奈と恵里奈の潤んだ瞳、庄吉の射るようなまなざし、真一郎のなにかを訴える目。

純だけは空のコップを握ったまま、顔を伏せている。

これは、逃げられないな。

覚悟を決めてマイクの前に立ち、圭太は深々と一礼した。

「……この島が元気になってくれた、それだけで俺は満足です。これからも島のために、イチジクを頑張って作ります。応援よろしくお願いします！」

一拍置いて、割れんばかりの拍手が場内を包む。

「いいぞ、圭太！」

「お前こそ島のヒーローだ！」

「救世主だ、ありがとう！」

笑顔で声援に応えつつ、圭太はマイクに届かぬほどの小声で漏らした。

やめろ、やめてくれ。

俺はみんなに褒められるような人間じゃないんだ。

だって俺は、俺は昨日、見知らぬ男を――。

「いっけない！」

喉元までこみあげた懺悔《ざんげ》の声を、華江のマイクが掻き消す。

「もうひとりの主役を忘れるところだったわ」

そう言うと、華江は頭上を指した。コピー用紙を数珠つなぎに貼ったお手製の垂れ幕には、《守屋真一郎くん、駐在所赴任おめでとう！》と書かれている。今回の集まりが、彼の赴任を祝う会だったことを思いだす。

「あ、はい」

慌てて立ちあがる真一郎に「真ちゃん、しっかり」と彼の母、仁美《ひとみ》が声をかけた。守屋家が母ひとり子ひとりで慎《つつ》ましく暮らしてきたことは、島の全員が知っている。

そんな親子の遣り取りに目を細め、華江が「それじゃ」と再びマイクを握った。

「どうせだから、祝辞は未来の院長先生にお願いしようかしら」

華江に煽《おだ》てられる形で山下が立ちあがり、真一郎と向きあう。

「守屋くん……どうかこの島を守ってくれ。頼んだぞ」

「は、はい……」

敬礼をする新米警官に、野次とも応援ともつかない声が飛ぶ。

「制服が似あってんぞ！　馬子にも衣装だな！」

「お前も立派なヒーローだ！」

「俺がカアちゃん殺しても逮捕すんなよ！」

ひとりの冗談に、その場の全員が笑う。途端——慎一郎がうずくまった。

「おい、どうした！」

「真ちゃん、大丈夫か！」

真一郎は青ざめた顔で、口を押さえている。

指の隙間から、ペースト状の吐瀉物がぼちゃぼちゃと畳にこぼれ落ちた。

Ⅱ

「……真ちゃん、大丈夫かしら」

加奈が不安げに呟く。

「大丈夫だと思うよ。むしろ、まだ残っている連中の肝臓が心配だ」

背中で眠る恵里奈を落とさぬよう、圭太は来た道を振りかえった。

暗闇のかなたに、公民館の灯《あか》りだけが浮かんでいる。

真一郎の嘔吐により、歓迎会はうやむやのままお開きとなった。いまは帰宅を惜しむ数人が公民館に居座り酒盛りを続けている。

うしろを歩いていた純が「たいしたことないって」と、圭太たちに声をかける。

「あいつは昔から緊張すると具合が悪くなるんだ。明日にはケロッとしてるさ」

「だったらいいんだけど。そんな子が警察官だなんて、なにか事件があったときに対処できるのかな。ほら、最近は変な観光客も多いし」

「平気さ、あいつならきっちりやってくれるよ」

不安を拭えない様子の加奈に、圭太は優しく微笑んだ。

いや、やってもらわなくては困るのだ。

真一郎も、純も、そして自分も、もはや引きかえせないのだから。

圭太のひそかな決意を察したように、純が呟く。

「しかし……圭太はすげえよな。こんな状況なのに平然としていてさ」

こんな状況――加奈に勘づかれまいと曖昧に表現したのだろうが、なにに対する言葉かは容易に理解できた。

ずり落ちそうな恵里奈を背負いなおしてから、圭太は答えた。

「こんな状況だからだよ」

そう、こんな状況だからこそ平静をよそおうしかない。

自分が真一郎のように動揺を見せれば、島の人々は「なにかあったのでは」と訝《いぶか》しむ。

かといって、純のように他人と距離を置いても怪しまれるだろう。

つまり、できることはただひとつ。普段と変わらぬ態度で過ごし、誰にも気づかれぬまま〈こんな状況〉を闇に葬り去ることだけだ。

「純の言うとおり、本当にすごいと思うよ」

なにも知らない加奈が圭太に近づき、シャツの裾をぎゅっと握る。空気を読んだ純が速度を緩め、さらに後方へ退《さ》がった。

「かっこよかったな、さっきの圭太。二十年前に誓ったあなたの夢が、とうとう現実になるんだね。本当に、本当にこの島を支えてくれてありがとう」

こっちこそ、ありがとう——言おうとした科白は声にならない。

この場で加奈に打ち明けてしまいたかった。

昨日、なにがあったのかを。自分がなにをしたのかを。

妻や島の人を欺くたび、嘘を重ねていくたび、胸の奥に黒い染みが広がっていく。そのうち自分のすべてが黒く染まってしまう。そんな気がしてならない。

これでいいのか、本当にこれでいいのか——。

「ねえ」

静かな苦悩は、加奈の呼びかけで遮られた。

「どうせだから、あの場所に寄っていかない？」

あの場所——それがどこを指しているのか、圭太も純もすぐに理解した。

二十年前、加奈に夢を誓った、あの場所。

忘れられない事件が起こった、あの場所。

圭太たちの人生を決定づけた、あの場所。

「いや、俺はちょっと……」

純が口籠る。当然の返事だろう。置かれている状況を考えれば、感傷にひたる余裕などないのはあきらかだった。

それは圭太とておなじだ。一刻も早く帰りたい。眠りに落ち、すべてを忘れてしまいたい。けれども――。

「行こう」

ことさら明るい声で了解した圭太に、純が目を丸くする。

「おい、圭太。こんなときに」

「こんなときだからこそ、普通にふるまうんだ」

加奈に聞こえぬよう囁いてから、圭太が「さ、行こう」と繰りかえした。

「ひさびさに、あの場所へ……この三人で」

力強く言うと、圭太は港の船着き場めざして歩きだした。

Ⅲ

《……管区気象台によりますと発達中の低気圧が北上し、海上は大時化《おおしけ》となっています。特に、猪狩島周辺では波の高さが観測史上最大の……》

自転車のカゴに放りこんだ小型ラジオが、暴風と振動で揺れる。衝撃にも負けず、アナウンサーは無機質な調子で喋り続けていた。

「圭太、待てよ！」

うしろから純の叫び声が届く。振りむくと同級生はびしょ濡れのままで走っていた。自分と違い、純は自転車を持っていない。いつもの放課後であれば、彼を気遣ってスピードを緩めるところだが、今日ばかりはそうもいかなかった。

「急げ、純！　港はあとちょっとだ！」

呼びかけた瞬間、殴りつけるような雨と風で自転車がぐらつく。

嵐はますます強さを増している。陸地でこれほど激しいのなら、海はさらにひどいありさまだろう。つまり、父や母の乗った船は——不安を掻き消すように無心でペダルを漕《こ》ぎ続ける。

ようやく見えはじめた港には、赤や黄色の雨合羽《あまガッパ》を着た島民たちが集まっていた。圭太と純に気づいた大人のひとりが「なんだ、お前ら！」と怒鳴る。

「危ねえぞ、子供は家に帰ってろ！」

「もう十五歳だ、子供じゃねえ！」

ようやく自転車に追いついた純が、歯を剝きだしにして大人たちを睨んだ。

と、人の輪のなかによく知る顔をみとめ、圭太は自転車を捨てて駆けだした。

「加奈！」

普段は笑みを絶やさない加奈が泣きじゃくっている。

「船は……」

「ずっと連絡が取れないみたい……お父さん、お母さん……」

「泣くなよ。大丈夫、すぐに助けが出るさ。な、そうだろ」

ことさら明るい声で加奈を励まし、同意を求めて大人たちを見つめる。

「それが……無理なんだ」

電器店の若店主、昭一が首を横に振った。

「なんでだよ」

「思った以上に時化がひどい。救助に向かった船まで転覆しかねない」

「おい、まだ転覆したと決まったわけじゃねえだろ！」

純が食ってかかったが、昭一はなにも答えず俯《うつむ》いている。

「なあ、船は無事だと言ってくれよ！　俺の父ちゃんも母ちゃんも、加奈や圭太の両親も乗ってんだぞ！」

懇願する純へ、昭一の父・庄吉が絞りだすように言った。

「すまん。もう……手遅れだ」

　圭太や純、そして加奈の両親は船乗りだった。

　沿岸漁業と呼ばれる小規模の漁をおこない、島周辺でサバやアジ、タラなどを獲っている。今朝も夜明け前から沖へ出ており、予定では午後に本土の港へ魚をおろして、いまごろはとっくに島へ戻っているはずだった。しかし、おりからの荒天で三時間ほど前から連絡が取れなくなっている。

　もっとも、これは決して予想外の事態ではなかった。

　海上が荒れることは、出港前から島の全員が知っていた。

　だからこそ、船は出たのだ。

　嵐は脅威であると同時に好機でもあった。周囲の船が出なければ漁獲量は自然と少なくなり、魚の値もあがる。とりわけ大型船の寄港が難しい本土で荷をおろせば、普段の倍から三倍の値段がつくことも珍しくない。

　猪狩島の船乗りは代々、そんな荒れた海で糊口《ここう》をしのいできた。

「猪狩のシシ」とはイノシシだけを指す言葉ではない。嵐に猪突猛進する、命知らずな猪狩の漁船を指す言葉でもあった。したたかで勇敢なあかしといえば聞こえは良いが、要は貧しい島が生き抜く、たったひとつの手段だったのである。

　けれども、今回は相手が悪すぎた。

圭太も純も、そして加奈も島の生まれ育ちである。いまなにが起きているのかも、自分の両親がどうなったかも、容易に想像がついていた。

つまり、この場にいる誰もが絶望していたのだ。

船の行方に。そして、島の境遇に。

「本土の漁船から連絡が入りました！」

押し黙っている島民のもとへ、洋子が駆けてくる。いつも快活な港の看板娘も、今日ばかりはさすがに悲痛な表情を浮かべている。

「猪狩の船には魚が満載だったそうです。豊漁だったみたいですね」

それを聞くなり、庄吉が顔を曇らせた。

「まずいな、船体のバランスが悪すぎる。転覆は避けられんぞ」

「ああ……やっぱりお陀仏《だぶつ》だな」

別の男が、海を向いて合掌する。

それを目にした瞬間、圭太のなかでなにかが弾けた。

「ふざけんな！」

手を合わせている島民の胸ぐらを掴む。慌ててほかの大人が引き剝がしたものの、圭太はなおも暴れ続けた。

「落ちつけ、圭太！」

「うるせえ！　手遅れだのお陀仏だの、勝手なことばかり言いやがって！」

　取り押さえた腕を振りはらい、再び大人に飛びかかろうとする。

「父さんも母さんも、お前らの代わりに海へ出たんだぞ！　この島を守るために、町を支えるために船を出して嵐に呑まれたんだぞ！　お前らが殺したんだぞ！」

「なんだと、このガキ！」

「大人には大人の事情があるんだ、知ったふうな口を利くんじゃねえ！」

　殺気立った数名が拳を握る。生ぬるい風が、さらに強く吹き荒れた。

「みっともない真似はやめな！」

　緊迫した空気を、庄司華江の怒号が蹴散らした。

　町議になったばかりの女性だが、硬軟おりまぜた遣り口で浜の男たちを手懐け、すでにベテランじみた風格を漂わせている。

「圭太の言うとおりだよ。一円でも高く魚を売らなきゃいけないのも、そのために嵐の海に出なきゃいけないのも、すべての原因はこの島が貧しいからでしょうが！」

　すっかり男たちが黙るのを見届けてから、華江は圭太たちを自分のもとに集めた。

「圭太、純、加奈……いま、ここで私が約束する」

　こちらを直視する瞳は充血していた。彼女の両親も、あの船に乗っていた。

「あんたたちが大人になるころには、こんな危険な生活をしなくても済む島にしてみせる。もっと静かで平和で、なんの苦労もなく暮らせる最高の島にしてみせる。だから、いまは堪えて。どんなに辛《つら》くても、どうか生き抜いて」

華江が表情をゆるめ、圭太の頭をそっと撫でた。

「……華江さんの言うとおりだ」

昭一が自身の合羽を脱いで純へ着せた。妻の洋子は加奈の手を握りしめている。

「お前たちは島の未来だ。これからは、みんなでお前たちを育てるからな」

華江の手を払いのけて、圭太は絶叫した。

「俺も約束してやる！　大人になったら、この島をもっと幸せな場所にするんだ！　誰も泣かない、誰も悲しまない楽園にするんだ！　覚悟しておけよ！」


あの日の嵐が嘘のように、夜更けの港は静かな波音を響かせている。

潮騒《しおさい》に耳を傾けながら、圭太はおのれの言葉を思いだしていた。

二十年前の宣戦布告は、いったい誰に向けての言葉だったのだろう。

理不尽な島民たち。それとも両親を奪った嵐。あるいは、運命に翻弄される自分自身。

大人になったいまは記憶が薄れ、すっかりわからなくなってしまった。

けれども——ひとつだけ確かなことがある。あの宣言を、自分は果たしたのだ。

貧弱な漁業に頼らずとも暮らせるように島を発展させ、家族や仲間が幸福に過ごせる場所を創った。そしていま、さらに光輝く未来がそこまで迫っている。

だからこそ〈あんなこと〉で挫《くじ》けるわけにはいかない。二度と不運に負けはしない。自分は父や母とは違う。どんな嵐でも乗りこえてみせる。

「……なあ、加奈」

暗い海を見つめたまま、かたわらの妻へ呼びかける。

「俺はいつでも、この島を守るためになにができるかを考えている。たとえなにが起こっても、その気持ちだけは嘘じゃない。それだけは信じてほしい」

「……どうしたの、圭太。なにかあったの」

「俺は、俺は……」

答えようとした矢先、背中の恵里奈がぐずりはじめた。

「ねえ、まだおうちじゃないの？　もう帰ろうよ」

「そうだな……そろそろ行こうか」

背中を揺すってあやしながら、圭太は隣に視線を送った。

「純……続きは明日の朝に考えよう。真にも伝えておいてくれ」

続き──つまり、死体の処理。

圭太の言葉が意味するところを把握し、純が「じゃあ、明日な」と踵をかえす。

「……ああ、また明日」

別れの挨拶を追うように、夜の波がひときわ大きく轟《とどろ》いた。

Ⅳ

「もっとしっかり縛れよ。ほどけたらどうするんだ」

純にハッパをかけられ、圭太はブルーシートをくるむロープを締めなおした。

倉庫の窓から射しこむ朝の光が、青いシートにぎらぎら反射している。人工的な色の合成樹脂にくるまれているのは、もちろん〈あの男〉だった。

突然あらわれた余所者。恵里奈を狙った怪しい人物。

そして——一昨日、自分が殺した相手。

おもてには、朝の町内放送が響いている。アイネ・クライネ・ナハトムジーク。

あまりにも場違いなクラシックの調べに「これは現実なのだろうか」との疑いすら抱いてしまう。

そうだ、自分は微睡《まどろ》みのなかで悪夢を見ているだけなのかもしれない。

台所では、すでに妻が朝食の支度をしていて、寝ぼけまなこで殺人を告白する夫を、「変な夢を見たのね」と笑い飛ばしてくれるかもしれない。

そんな淡い望みは——腕に痛みが走った瞬間、吹き飛んだ。

右手首には包帯が巻かれている。あの男に思いきり噛まれた痕が、昨日から赤黒く腫れはじめていた。昨夜、勧められるままに酒を飲んだのがまずかったのだろうか。おかげでロープを締めるたびに傷が疼《うず》く。なぜか、胸の奥までずきずきと痛かった。

倉庫の片隅では、真一郎が不安げな表情でふたりを見守っている。

「あ、あの……」

「なんだよ、真」

「だ、大丈夫ですかね……」

「なにがだよ、はっきり言えって！」

煮えきらない態度に焦《じ》れ、純が声を荒らげる。

「昨日みてえにゲロを吐きたいんなら、好きなだけ外でやってくれ。大事な倉庫をこれ以上汚されるのは勘弁だ」

「ちっ、違います。ただ、防空壕で大丈夫かなと不安になって……」

早朝に集まり協議した結果、「死体はひとまず防空壕へ移そう」という話になった。

島には、戦時中に掘られたままの防空壕がいたるところに残っている。そのうちのひとつに隠してしまおうと純が提案したのだ。

「大丈夫に決まってるだろ。防空壕は山の奥にある。俺みたいな慣れた人間じゃなきゃ、見つけるどころか辿りつくこともできねえよ」

「でも……山奥へ行くのは大変ですよ。普通に土へ埋めちゃダメなんですか。ほら、テレビドラマなんかだと穴を掘って……」

「ドラマにイノシシは出てこねえだろ」

純が、ロープをきつく締めながら吐き捨てた。

「あいつらは雑食なんだ。ドングリやキノコはもちろん、ミミズやヘビだって食べる。生きた人間を襲うことはねえけど、死体だったら話は別だ。肉のにおいを嗅ぎつけりゃ、あっというまに掘りかえしちまうよ」

「いっそ、残さず食べてくれたら嬉しいんだけどな」

圭太の冗談に笑う者はいなかった。

微妙な空気を振りはらおうと、純が勢いよく立ちあがる。

「さて、ここからが本番だ。改めて手順を確認しておくぞ。これから、この死体を防空壕まで運ぶ。で、隠したあとは状況を見て判断する。海がしばらく穏やかなら、圭太に役場の船を借りてもらって沖に沈める」

海への投棄──それが、三人で悩んだすえ導きだした「最善の方法」だった。

町役場では、密漁監視用に小型船を一艘《いっそう》所有している。船の鍵は野毛が管理しているため自由に乗ることはできないが、「農園PR用に、海上から見た島を撮影したい」とでも言えば、華江は喜んで貸してくれるはずだ。

真一郎に死体を発見してもらい、旅行中の事故として処理する方法も考えた。しかし生真面目な彼の性格を考えれば、途中でボロを出す可能性は否定できない。男の素性によっては、さらに面倒な事態になってしまう。やはり「男など最初からいなかったこと」にするのが、いちばん良いだろうとの結論に至ったのである。

「でも……そんなに上手くいきますかね」

青い顔の真一郎を、純が小突いた。

「上手くやるしかねえんだよ。それとも手足も頭もバラバラにして埋めるか。真がやるってんなら、ウチのナイフやチェーンソーを貸してやるぜ」

「そっ、そんなこと無理に決まってるじゃないですか！」

解体される死体を想像したのか、真一郎が口に手をあてる。頼りない新米巡査を横目に、圭太が「いずれにせよ」と声を張った。

「もう、あとには退《ひ》けない。あの夜の出来事は、俺たち三人以外に誰も知らないんだ。無事に運んでしまえば、露見する可能性はかぎりなく低い」

「あの……こんなに朝早く運ぶより、夜のほうがバレないと思いますけど」

あいかわらず腰が引けている真一郎に、純が「無理だよ」と返した。

「さっき言っただろ。防空壕のある場所は山奥だ。昼なら往復二時間程度で済むけど、夜は倍以上の時間がかかる。下手すりゃ滑落や遭難の危険だってあるからな。さて、そろそろ質問タイムは終わりにしていいか。時間がもったいねえ」

「わかり……ました」

しぶしぶ口を噤《つぐ》む真一郎の肩を、圭太が優しく叩いた。

「赴任早々、巻きこんですまないと思っている。だが、ここまで来たら一蓮托生《いちれんたくしょう》だ。悪いが最後までつきあってくれ」

純が「でも、圭太こそ俺らにつきあってて大丈夫なのか」と訊ねる。

「今日はこのあと華江オバちゃんと会う予定なんだろ」

「ああ、十時に役場へ来るよう言われている。役人と交付金の話をするらしい」

「じゃあ、防空壕まで往復したらギリギリじゃねえか。無理して手伝わなくても」

「だからこそ、いまのうちに自分の手でカタをつけておきたいんだ。すっきりした気分で、島の未来について語りたいからな」

あまりの詭弁《きべん》に、我ながら笑いたくなる。

なにが「すっきりした気分」だ。不安を紛らわせるために、なにか行動を起こしたいだけじゃないか。死体を無事に隠せたとしても、上手く処理できたとしても、気分が晴れないであろうことは自分がいちばんわかっていた。殺害の事実も、あの瞬間の記憶も、二度と消えはしないのだから。

それでも決行するしかない。これ以上、事態が悪化する前に。

「……さあ、そろそろ出よう」

圭太の音頭で、三人がブルーシートへ手をかける――。

直後、電子音が鳴った。

慌てて真一郎がポケットからスマホを取りだし、耳にあてる。

「はい、もしもし……えっ……はい、はい。わかりました……じゃ、どうも」

通話を終えても、真一郎はスマホを握りしめたまま動こうとしなかった。

「おい、誰からの電話だ。なにがあったッ」

辛抱しきれず怒鳴った純に、真一郎が震え声で答える。

「……本土の県警が、これから島に来るそうです」

V

まっすぐ伸びた道のかなたを、圭太はじっと睨んでいた。

港からいずみ農園まで続く農道である。県警のパトカーがやってくるとすれば、この道を通るに違いない。

そろそろ来てもいいころだが――腕時計に目を落とすと、先ほど時刻を確認してから二分しか経っていなかった。焦っている自分に、改めて気づく。

「知らないです……そんな人は見ていません……本当です……」

背後では、真一郎がぶつぶつと暗誦を繰りかえしている。

男について質問された際、すらすらと答えるための予行練習らしい。もっとも、冷や汗で濡れた顔を見るかぎり効果はあまり期待できなかった。

見かねた純が「真、落ちつけ」と窘める。

「あの男の件と決まったわけじゃねえだろ。もしかしたら昨日のテレビ番組を見て、さっそくイチジクを食べに来たのかもしれねえぞ」

「そ、そうですよね。〝いずみ農園の場所を教えてくれ〟って言われましたからね。単なる観光に決まってますよね、ね」

同意を求める真一郎に、圭太も純も反応しなかった。

遠くから聞こえるエンジン音に気づいたからだ。

「……さて、おでましだぜ」

まもなく、一台の車がこちらへ近づいてきた。意外なことにパトカーではなく、黒塗りのセダンである。

厭な予感が頭をよぎった。

刑事ドラマで見た程度の知識だが、あの手の車を使うのは一介の警官ではない。だとしたら——。

三人が見守るなか、セダンはビニールハウスの数メートル手前で停まった。

運転しているのは圭太たちと同年代らしき女性。助手席には不機嫌な顔の中年男性が乗っていた。ダッシュボードへ両足を載せ、退屈そうにガムを噛んでいる。

車のドアが開くなり、真一郎が歩みよった。

「お疲れさまです！　お電話をいただいた猪狩町駐在所の守屋と申します！」

女性が警察手帳を見せ、敬礼した。

「県警捜査一課から参りました、青木千尋です。こっちは同僚の」

「畠山。畠山努」

こちらを見ようともせず、男がぶっきらぼうに名乗る。凛としたたたずまいの青木と対照的な、やさぐれた風貌。こんな状況でなければ刑事だとは思わないだろう。

不機嫌な同僚の横顔をちらりと見てから、青木が口火を切った。

「さっそくですが、泉圭太さんはどなたでしょう」

「……はい、私ですが」

圭太が手を挙げると、青木が隣に立つ純へ視線を移した。

「では、こちらの方は」

「同級生です。ウチの農園を手伝ってもらっていまして」

「田辺純です、ようこそ猪狩島へ」

皮肉たっぷりに名乗ると、純は畠山を睨みつけた。

なるほど、傲岸不遜に思える中年刑事のふるまいは、純がもっとも忌み嫌うものだ。さすがに殴りはしないだろうが、導火線に火がついたのは間違いない。

純を一瞥し、畠山が鼻で笑った。青木は黙っている。厭な沈黙が農園を包む。

まもなく、不穏な空気に堪えきれなくなった真一郎が前へと進みでた。

「あの、県警の方がどうしてこんな島まで……なにか、事件ですか」

「では、さっそくですが」

青木がジャケットから二枚の写真を取りだした。

「この写真の人物に、心あたりはありませんか」

一枚は集合写真を拡大したものらしい。禿《は》げあがった老人が笑顔で写っている。もう一枚は証明写真の類なのだろうか、無精髭《ぶしょうひげ》だらけの男が真正面を向いていた。しまりのない顔。にやけた口元。そして、異様に鋭い目——。

まぎれもない、あの男だった。

「え、ふたりって」

真一郎がうっかり口を滑らせる。慌てて圭太が「どちらも知らない人間です」と答え、続けて純が「俺もです」と素っ気なく言いはなった。真一郎も「じ、自分も記憶にありません」と敬礼する。

「あの……この人たちは、ウチの島となんの関係があるんですか」

圭太の問いに、青木が口を開いた。

「こちらの写真の男性、鈴木賢治さんは保護司なんですが」

「ほごし？」

「刑期を終えた出所者に、住居の斡旋や就職の支援をする仕事です。実は……そんな鈴木さんが借りていた部屋に、一冊の旅行雑誌が置かれていまして」

青木が大判の雑誌を鞄から取りだし、こちらに向ける。

それを見た瞬間、来島の理由がわかった。半年ほど前に、猪狩島の特集を組んでもらった憶えがある。求人募集とバーターの、半ば広告めいた記事だった。

予想どおり、こちらへ広げたページにはイチジクを収穫する圭太の笑顔とともに《猪狩島のいずみ農園で一緒に働きましょう！》の文字が載っていた。

「この求人広告を見て、鈴木さんはもう一枚の写真に写っている男、小御坂睦雄をこちらの農園へ就職させようとしていたらしいんです」

小御坂睦雄——あの男の名前をはじめて知った。

「鈴木さんが昨日、フェリーで島へ来ていることまでは、レンタカー会社の記録でわかっています。小御坂も同乗していたと考えて間違いないでしょう」

青木が息を継いだタイミングで、再び圭太は訊ねた。

「あの、小御坂という人はどんな人物なんですか。だって刑事さん、保護司の方は〝鈴木さん〟と呼んだのに、小御坂は呼び捨てにしましたよね」

「仮釈放中の男だよ」

畠山が、こちらを見ようともせずに答える。

「仮釈放って……どんな罪を犯したんですか」

「ええと、それは……」

女性刑事が言い淀《よど》む。畠山が面倒くさそうに「強姦殺人」と吐き捨てた。

「八歳の子を暴行してから絞め殺したんだ。死体はドブ川に捨てられていた」

「……最悪の男ですね」

本心だった。堅気ではないと踏んでいたが、まさかそれほど危険な男だったとは。恵里奈が襲われなかったのは単に運が良かっただけだと、改めて胸を撫でおろす。

安堵の色を顔に出さぬよう努めながら、圭太は刑事たちの顔を見据えた。

「残念ですが……ウチの農園には来ていませんね。連絡をもらった記憶もありません。お役に立てず申しわけないですが……」

「傷」

畠山の意味不明なひとことに、声を詰まらせる。

「な……なんですか?」

「その傷、どうしたんだい」

中年刑事は、圭太の手首に巻かれた包帯を凝視している。

「あ……ええと、これは」

「イノシシですよ」

純がすかさず割りこんだ。言葉のはしばしにトゲがある。

「猪狩島って名前どおり、ここはイノシシだらけなんです。こないだも俺が一頭撃ってね。圭太も一緒だったんですが、瀕死《ひんし》のイノシシが暴れたもんで、うっかり怪我しちまって。あいつらは牙が鋭利で、かすっただけでも危ないんですよ」

「……ふうん。で、そのイノシシはどこにあるんだい」

「ウチの倉庫に保管してます。自分、猟師なんで」

「へえ、猟師。そりゃすごい」

生返事をしながら、畠山がビニールハウスへ踏みこんでいく。

「あの、ちょっと勝手に。困ります」

圭太の制止も聞かず、畠山はずかずかと入っていった。青木が慌ててあとを追う。

「なあ、普通は断ってから入るもんだろ」

怒鳴る純を手で制し、圭太は刑事の背中を追った。

なんなんだ、あいつは。

なにか知っているのか、なにを知ろうとしているのか。

嫌な汗が背中を濡らし、不安が胸の奥から湧いてくる。

畠山と名乗る刑事は、ハウスのまんなかでイチジクの果実を眺めていた。一瞬、小御坂睦雄の顔が脳裏によみがえる。忌まわしい光景を思いだす。

「これが黒イチジクか。どうして他所より美味いんだい」

畠山が抑揚の失せた調子で訊ねる。本当に興味があるのか、こちらからなにかを引きだそうとしているのか、真意がつかめなかった。

呑まれるな。空気の読めない農園主の顔をしておけ——自分に言い聞かせてから、圭太は柔和な表情で説明をはじめた。

「イチジクというのは土壌が命なもので、土がアルカリ性じゃないといけないんです。そこでウチの農園では、イノシシの骨粉を混ぜた土を大量に作っておき、定期的に交換しているんですよ。おかげで糖度がとても高くなるんです」

「つまり、この土はイノシシ入りってことかい」

「死骸をそのまま埋めるわけじゃありません。破砕した肉と骨を土に混ぜこんで、微生物に分解してもらうんです。イノシシが多い猪狩島ならではの農法です」

「その、肉と骨を混ぜた土ってやつはどこにあるんだ」

「ここから一キロほど先の土地を借りて作っています。臭いはすこしキツいですけど、よければご案内しましょうか？」

「いや、別に。どうでもいい」

投げやりに答えると、畠山は「こういう果物は虫や病気も面倒なんだろ？」と唐突に話題を変えた。言動のすべてが陽動作戦に思えてくる。

「え、ええ。どちらも悩みの種です。ほら」

動揺を堪《こら》えつつ、笑顔で圭太はイチジクの木を指した。

茎の上を、乳白色の芋虫がもぞもぞと蠢《うごめ》いている。

「これはテッポウムシ、カミキリムシの幼虫です」

「ずいぶん物騒な名前だな」

「こいつは幹を食い破るんですが、成虫へ羽化する際に弾丸が撃ちこまれたような穴をあけるんですよ。それが名前の由来です」

説明を続けながら、圭太は芋虫のぷっくりしている体をつまみ、そのまま指で押し潰した。黄色の体液で汚れた指を見て、青木が眉をひそめる。

「こいつに食われると、健康に見える樹木でも内側からゆっくり枯れていきます。おまけに成虫になるまで二年もかかる。イチジクにとっては天敵なんです」

「自覚もないまま殺されるのか。そいつは怖いね、完全犯罪だ」

「ほかにも病気では、株枯れ病が厄介です。この株枯れ病は一度発生するとほかのイチジクにも伝染してしまうんです。本当、イチジク作りは苦労の連続ですよ」

「内側から腐ったり伝染したり、大変だね。ま、悪いものは根から絶たないとな」

「ええ……あの、そろそろいいですか。このあと用事が入っているので……」

農園主の懇願を無視して、中年刑事は一点をじっと見つめている。

視線を追った先では、恵里奈の自転車が横倒しになっていた。

「あの自転車、持ち主はあんたの子供かい？」

「……ええ、娘のものです」

「ふうん、なるほどね」

言うなり畠山が自転車を起こし、サドルへ顔を近づけた。

なにが「なるほど」なのか。なにを調べているのか——訊《き》きたいが、訊けない。

この男は危ない。まるでコロンボと対峙しているような気分になる。質問も行動も無節操すぎて、うっかり語るに落ちてしまったのではと不安になってしまう。

腕時計を見ると、すでに十時を十分ほど過ぎていた。

華江の怒った顔が頭をよぎる。一刻も早く町役場へ向かいたかったが、真一郎に畠山らの相手をさせるのは危うい。かといって、純では喧嘩になりかねない。

遅刻を覚悟して、そっとため息をついた。

大丈夫さ。〈女王〉のことだ、自分がいなくても上手くやっているだろう。

半ば祈るような気持ちで、圭太は町役場の方角を望んだ。

Ⅵ

祈りも虚《むな》しく、町役場の応接室には微妙な空気が流れていた。

「あの……それで、局長さまは」

「いや、やっぱコレ美味いっスね」

華江の問いを受け流し、地方創生局員の酒井義昭《さかいよしあき》が黒イチジクを頰張った。

なんとも若手官僚らしい慇懃《いんぎん》無礼《ぶれい》な態度だが、窘めるわけにもいかない。いかに華江が遣り手といえども、一自治体の長と省庁の人間とでは力の差がありすぎる。

「本日は、局長さまがいらっしゃると伺っていたんですが」

果汁で濡れた指をしゃぶりながら、ようやく酒井が答えた。

「ああ、局長は忙しいもんで今日は僕が代理です。連絡忘れちゃってすいませんね。ま、最終確認のために視察させてもらうだけなんで、問題ないっスよ」

「最終確認といいますのは、地方創生……」

華江の問いに、酒井がソファーへ深く座りなおしてから「はいはい、コレね」と片手をひろげ、〈五億円〉を暗に提示した。

「ま、ほぼ決まりじゃないっスかね」

「そうですか……ありがとうございます！」

言質を取れた喜びに華江が握手を求めたものの、酒井は手を伸ばそうとしない。

「で……そのためにいずみ農園さんに会いにきたんスけど。まだですかね？」

「は、はい。十時には来るよう伝えていたんですが」

華江が、背後で起立したままの野毛へ視線を送る。微笑をたたえているものの、その目は笑っていない。まなじりに怒りの炎が見てとれる。

「た、ただいま確認いたしますッ」

青ざめた野毛がスマホを開くと同時に、電子音が鳴った。

「あ、少々お待ちください。はい、もしもし野毛です……え、死体？」

物騒な単語に、華江がソファーから腰を浮かせる。

「え、ええ……本当ですか。本当に死んでいるんですか……わかりました。役場もすぐに対処しますが、まずは駐在所の守屋くんに連絡をお願いできますか」

部下の声に耳を傾けつつ、華江は視線を前方へと戻した。

酒井の顔からは、すでに先ほどまでの不遜な表情は失せている。毒蛇を思わせる目をぎらつかせ、若手官僚は値踏みするように〈女王〉を凝視していた。

「……死体？」

スマホを耳にあてたまま、真一郎が圭太へ目で合図を送った。

「知らない男の死体って……野毛さん、それはどういう意味……」

言い終わらぬうちに、畠山がスマホを奪いとる。

「おい、どんな死体だ。俺が誰かなんてどうでもいい！　とっとと死体を見つけた場所を教えろ！」

一方的に電話を切るなり、畠山が真一郎へ顎をしゃくった。

「車に乗れ。道案内がいる」

それだけ短く言ってビニールハウスを飛びだしていく。慌てて青木がそのあとを追い、続けて真一郎が走った。

三人の背中を呆然と見送りながら、圭太がこぼす。

「まさか……倉庫の死体が見つかったのか」

純が首を振り「ありえねえ」と吐いた。

「冷蔵庫の鍵はかけてきた。誰かが勝手に倉庫へ侵入しても、死体を発見するのは不可能だ」

「じゃあ、誰の死体なんだ」

「そんなの……確かめに行くしかねえだろ」

圭太と純は顔を見あわせ、軽トラへ走った。

車を走らせて五分ほど経ったころ、ふいに純が声をあげた。

「おい、あそこじゃないか」

十数メートル先、畑のあたりに人だかりが見える。道の脇には島民のワゴンや軽自動車に交じって、黒いセダンが停車していた。

「あいつらの車だ」

セダンの手前で軽トラを降り、人波を掻きわけて輪のなかへ進む。

「……あれだ」

畑の中央で、白いミニバンが前輪を土に食いこませていた。

運転席では禿頭の男がハンドルに突っ伏している。この距離からでも黒ずんだ皮膚と真っ赤な眼球が見えた。容貌こそ変わり果てているが、先ほど写真で目にした鈴木という保護司に間違いない。

「下がって、下がってください！」

野次馬を追いはらおうと真一郎が声を張りあげている。いっぽうの畠山はひとりひとりを睨みつけ、眼力だけで後退させていた。

圭太たちに気づき、青木が小走りで近づいてくる。

「ご覧のとおり鈴木さんが見つかりました。望んだ形ではありませんでしたが……そんなわけで、これから現場検証に入ります。お話は、のちほど改めて」

遠まわしにこの場を去るよう促され、ふたりはしぶしぶ車へ戻った。

助手席に座ってドアを閉めるなり、純が「どうなってんだよ！」と吐き捨てる。

「アブねえ野郎だとは思ったけど……まさか殺人犯だったとはな。いま見た死体も、あの男のしわざってことだろ」

「ああ。たぶん俺たちが会ったとき、小御坂はすでに……」

その先の科白を想像したのだろう、純が肩をすくめて身震いした。

「とんでもねえ野郎だ。ま、とにかく倉庫の死体はバレてなかった。ひと安心だな」

「安心なんかできないだろ！」

圭太がハンドルを殴りつける。

「純、考えてみろよ。この島で人が殺された。そして、犯人は見つかっていない。このあと、なにが起こると思う」

はっとした表情を浮かべる親友に、圭太が頷く。

「本土から警察が押しよせてくる。死体は簡単に運べなくなった」

「いや、こりゃマズいなあ。ガチの殺人でしょ」

連絡船から次々に下りてくるパトカー群を眺めながら、酒井が薄笑いを浮かべる。言葉とは裏腹に困った様子は微塵もない。むしろ面白がっている気配さえある。

「大変お騒がせしております。ただ、問題はございませんので」

華江が余裕の笑みを崩さず、努めて平静に答えた。

「確認したところ、被害者も加害者も本土の人間のようです。つまり猪狩島はこの事件とはなにひとつ関係ありません。むしろ被害者です」

「ま、殺人事件はともかく、泉さんとは会えませんでしたけどね」

華江から笑顔が消える。まっとうすぎる正論、さすがに口籠るしかない。

「それで……あの、交付金の件は」

「あくまでも内定ですんで、どうなるかなあ。まずは局長と打ちあわせしてから、もっぺん連絡させてもらいます。じゃ、そういうことで」

淡々と言いはなち、酒井は軽い足どりで連絡船に乗りこんでいった。

「……ねえ、野毛」

タラップを進む酒井へ手を振りながら、華江が隣の野毛に呟く。

「お願いがあるんだけど」

「は、はい。なんでしょうか」

「死んで」

「え」

「どうして首輪をつけてでも圭太を連れてこないんだよ。なんで私の横に突っ立って、ヘラヘラ笑ってるんだよ。どこまで能無しなの？　脳みそは入ってるの？　これで五億円が流れたら、どう責任取るつもりなの？」

「す、すいません……」

「だからさ、そのときは死んでちょうだいね。保険金をめいっぱい掛けて〝遺産は島に寄付します〟と遺言を書いてから、島のために死んでほしいの」

「は、はあ……」

答えに窮する野毛をひと睨みして、華江がつまらなそうに鼻を鳴らした。

「冗談よ。このまま終わるもんですか、あのクソ役人め」

と、ハイヒールを鳴らしながら公用車へ向かっていた華江が唐突に振りむく。

「そうだ、大事なことを言い忘れたわ」

〈女王〉は、にっこりと笑みを浮かべている。混乱したまま、つられて野毛が笑う。そのふぬけた表情を見るなり、華江が真顔に戻った。

「死ぬときは陸《おか》の上にしてね。二十年前もそうだったけど、海だと死体がなかなか見つからないから、保険金がおりるまで面倒なのよ」

Ⅶ

「……船着き場周辺の監視カメラを確認しましたが、小御坂睦雄と思われる人物は確認できませんでした。よって、被疑者は現在も島内に潜伏中と思われます」

「そんなことはわかってんだよ！」

報告を聞き終えるなり、指揮捜査本部長の長田隆二《ながたりゅうじ》が机を叩いて怒鳴った。禿げあがった頭部には、太い青筋がいくつも浮いている。

「身柄を押さえてねえんだから、そりゃ島にいるだろうが！」

泣く子も黙る県警捜査一課の猛者《もさ》だが、今日はとりわけ機嫌が悪い。

長田が苛立つのも無理はなかった。

「鈴木賢治の他殺体が発見された」との知らせを青木たちから受けて、県警捜査一課十数名が猪狩島へ上陸。すぐさま漁業組合の事務所を借りて捜査本部を立てた。

それからすでに数時間、現場付近で聞きこみをおこなってはいるものの、肝心の小御坂の足取りは摑めていない。

無用な混乱を避けるため、いまのところ記者発表は控えている。とはいえ、マスコミが嗅ぎつけるのは時間の問題だった。

仮釈放中の受刑者が保護司を殺して逃走した――格好の特ダネだ。

記者連中が来るまでに小御坂の身柄を確保しなければ、「警察の怠慢だ」「住民を危険に晒《さら》した」など、さらなる批判を受けるのは確実だった。世論によっては上のクビさえ飛びかねない。長田の表情には、そうなる前に事件を解決したいとの決意が滲んでいた。

「いいか、狭い島だからって気ィ抜くんじゃねえぞ。住民に片っぱしから声かけて、なんとしても目撃者を見つけろ！」

本部長の怒号に、捜査員が野太い声をそろえて「押忍《オス》！」と答える。

「ただし女子供は家に閉じこめとけ。被疑者は１７７だからな、これ以上の被害が出たら、この場にいる全員が島流しだ！」

「押忍！」

１７７とは刑法百七十七条――つまり強制性交等罪を指す。小御坂は婦女暴行の常習である。第二の犯行だけは、なんとしても避けなくてはいけない。

「とにかく、小御坂に手錠はめるまで本土には帰れねえと覚悟しとけ！」

「押忍！」

さながら空手部か応援団のような遣り取りを眺めながら、青木が吐息を漏らす。

「本部長、気合い入ってますね」

「……空まわりじゃなきゃいいけどな」

つまらなそうに言ってから、畠山は会議室の隅に立つ真一郎へ視線を送った。

新米巡査が目を伏せる。その姿を、畠山はしばらく観察し続けていた。

《不要不急の外出は、お控え……さい。不審な人物を見た場……は、ただちに町役場防災課、もしくは……狩町駐在所へ連絡を……》

聞きなれたクラシックを背景に、女性の無味乾燥なアナウンスが流れている。

スピーカーはいよいよ限界らしく、音楽も声もひどく割れている。おかげで内容は半分もわからなかったが、いまの加奈に耳をそばだてる気力はなかった。

鈴木という男の他殺体が発見されたのが今日の午前中。それから半日ほどしか経っていないにもかかわらず、島の空気は一変してしまった。誰と会っても口にするのは事件のことばかりで、みな憤りとも憎しみともつかぬ目つきをしている。

逃亡中の犯人に対する不安、無遠慮に島内をうろつく警察への不信、それを許している役場に対する不満――さまざまな感情がないまぜになり、島の全員が疑心暗鬼に陥っていた。なかには島民が真犯人であるかのような根も葉もない憶測や「近所の誰々が犯人を匿《かくま》っている」との中傷めいた噂まで広がっているらしい。

加奈は、この淀んだ空気を知っていた。憶えがあった。

嵐の夜の悲劇。自分や圭太たちの両親を奪った海難事故。

あのときも県警が乗りこんできて、「船の管理に問題があったんじゃないか」だの「魚の積載量は超過していなかったか」だのと住民を片っぱしから問い質《ただ》し、猪狩島を巨大な取調べ室に変えたのだ。

彼らが去ったあとも、島にはしばらく不協和音が流れていた。

港の関係者に冷ややかな視線を浴びせる者、責任を問われまいと交流を絶つ者、好奇心からデマを吹聴《ふいちょう》する者。さまざまな負の感情が一気に噴きだし、人間関係をめちゃくちゃにしていた。猪狩島の漁業が凋落《ちょうらく》したのは、船舶事故よりもその後の重苦しい空気が原因だったように思う。

それから二十年――ようやく薄れたはずの昏《くら》い記憶は、蓋がはずれて漏れだしたガスのように再び島を覆いはじめている。みなが瘴気《しょうき》のような毒気に侵されている。

自分が愛したはずの故郷がこれほど脆《もろ》いものだったとは。さながら浜辺で作った砂の城だ。次に強い波がひとつ襲えば、すべてが崩れ落ちるだろう。

そして――その波は、すぐそこまで迫っている。

そんな不安を抱きつつ、雑音だらけの町内放送をぼんやり聞いていると、恵里奈がエプロンの裾を引っぱった。

「ねえ、なんで今日はお庭で縄跳びしちゃいけないの？」

役場からは、女性と未成年は家から出ないように通達が出ている。犯人の詳細は知らされていないものの、たぶん――そういうことなのだろう。

不満げな恵里奈の頭を撫でてから、加奈は床に画用紙を広げた。

「今日は、お絵描きしてほしいな。お母さんの顔を描いてくれる？」

「わかった！　お母さんもお父さんも描いてあげる！」

クレヨンの箱を乱暴に漁って色を探しながら、おもむろに愛娘が訊ねる。

「そんでさ、お父さんはどこにいったの？」

「お父さんね、パトロールなんだって」

「ぱとろおるって、なあに？」

「ええと……島を守るために動くことよ」

圭太は夕飯を終えるなり家を出ていった。純たちと自警団を組み、ビニールハウスを見張るのだという。わざわざそんな危ない真似をしなくても――とは言えなかった。

圭太のイチジクに賭ける情熱を知っていたからではない。「行ってくるよ」と告げた目が、ぞっとするほど冷たく見えたからだ。猜疑心《さいぎしん》に苛まれた島民とも微妙に異なる、感情の見えないまなざしだった。

あの目を思いだし、あらぬ妄想を抱いてしまう。

夫はこのまま帰ってこないのではないか。

よしんば帰宅しても、別な人間にすり替わっているのではないか。「パトロール」という単語にテレビアニメを思いだしたのだろう、恵里奈は手足を不器用に動かし、ヒーローめいたポーズを決めている。

無邪気な姿に微笑みつつも、加奈の胸騒ぎはやまなかった。

《不審な人物を……合は……課、もしくは……》

「あの声はなんだ。よく聞こえんぞ、まったく」

エンドレスで響きわたる町内放送を気にして、庄吉が縁側へ目を向けた。

「不審者が逃げたんですって。怖いわよね」

独りごちながら、洋子がスプーンに粥《かゆ》を載せて義父の口へと運ぶ。庄吉は放送が気になっているのか、まるで食べようとしない。

「フシンシャってのは、なんのことだ」

「いいから、早くご飯を済ませてくださいな」

「フシンシャ、フシンシャ……」

連呼する庄吉に呆れて、洋子がスプーンを下げる。様子を見守っていた昭一が、妻をかばうように父の横へと腰をおろした。

「悪い人のことだよ。おかげで島は大騒ぎだ、ほら」

年季の入った携帯電話を開いて、庄吉に向ける。

画面には町長からのメール〈ハナエ・ダイアリー〉が表示されていた。毎日のように送られてくるメッセージだが、今日だけは文面に緊迫感が漂っている。

島内で殺人事件が起こったこと、容疑者がいまも逮捕されていないこと、警察が巡回しているので安心してほしいこと——それらが淡々と記されていた。

「父さんも、畑に行くのはしばらく控えたほうがいいんじゃないか」

昭一が〈存在しない畑〉を引きあいに出して、やんわりと外出を控えるよう促した。

庄吉はうつろな目のまま「畑……フシンシャ……」と呟いている。

「ああ、なるほどなあ……そういうことか……」

なにかに納得した様子の父を前に、昭一がため息をつく。

「とにかく、父さんも注意してくれよ」

「どう注意するんだ。フシンシャで困ったら誰に言えばいいんだ」

「ええと……そのときは、役場にでも相談すればいいんじゃないか」

適当にはぐらかす昭一を尻目に、庄吉は「なるほど、役場か……」と頷いた。

《……災課、もしくは猪狩……在所へ連……》

「真ちゃん、どこに行くの」

玄関で靴を履いていた真一郎へ、母の仁美が声をかけた。

「どこって……パトロールに行くんだよ」

「出歩いたら危ないわよ。ほら、町内放送でも〝怖い犯人がウロウロしてる〟って知らせてるじゃないの」

「だったら、なおさら警察官の僕が見まわらないと」

「そういうことは本土のおまわりさんたちに任せておけばいいでしょ。あなたは、島のことだけ考えていればいいのよ」

「その島がいま大変な状況なんだ。じゃ、もう行くから」

ドアノブへ手をかけた真一郎の肩を、母の細い指が摑む。

「あなたみたいに身体の弱い子が、危ない目に遭うことないじゃない。お母さんね、死にそうになった真ちゃんを抱えて、本土の病院まで行ったのよ。あなたを誰より知ってるの。〝島を守る〟なんて自分に酔ってる圭太くんや野蛮なだけの純くんと、あなたは違う人間なのよ。誰かを守るより、守られるべき立場なのよ」

「それは子供のときの話じゃないか。もう僕は二十七だよ」

「いくつになろうと私は母親なのよ！　子供を心配してなにが悪いの！」

金切り声をあげる仁美を見て、真一郎は絶句するよりほかなかった。

夫を喪って十数年、ひとり息子の自分が唯一の生き甲斐《いがい》であったことは、真一郎とてわかっている。事実、子供時代は虚弱体質で心配ばかりかけた。仁美がそのころのイメージをいまだに捨てきれないのも理解している。だから、なるべく母の意見を否定しないよう接してきたつもりだ。

しかし、今日はことさら執着がひどい。純や圭太を悪しざまに罵ってまで息子を引き留めようとするとは、あきらかに尋常ではなかった。

いったい、なにをそこまで怖がっているのか。

それほど、なにに怯《おび》えているのか。

もしや、母はすべてを知っているのではないか——そんな疑念すら湧いてくる。

「……行くよ」

ドアを開ける息子の背中へ、すがるように母が叫んだ。

「真ちゃん！　怪我でもしたらどうするの！　出血でもしたらどうするの！」

「……そのときは、かさぶたになるだけだよ」

玄関を閉め、自転車にまたがる。なおも引き留める仁美の悲痛な声が、町内放送のアナウンスと混ざりあい、暮れなずむ空にこだましていた。

Ⅷ

三回、二回、三回、一回。事前に決めていたリズムで、倉庫の扉をノックする。

数秒後、わずかに隙間が開いて純が顔を覗かせた。

「ちょっと待ってろ。いま開ける」

錠のはずれる音とともに扉が開く。真一郎は滑りこむように庫内へ入った。

「入り口、鍵をつけたんですね」

「ああ。蝶番《ちょうつがい》に南京錠《ナンキンじょう》をかけただけの簡易な代物だが、ないよりマシだろう」

ステンレス台の前では、すでに圭太が作業を進めていた。見慣れた手押し車には、〈ブルーシートのかたまり〉が乗っている。中身は問うまでもない。

「で、県警の動きはどんな感じだ」

圭太の問いに真一郎が手帳を開き、捜査会議の際に書き留めたメモを確認する。

「明日からは、小御坂が潜伏していそうな空き家を捜索する予定になっています。いまはたぶん港の周辺を調べているはずです」

純が安堵の息を漏らす。

「倉庫とは反対の方角、つまり今日のうちにここへ来る可能性は低いってわけだ。夜の山道は危険だが、運ぶならいましかねえ。早いとこ済ませちまおう」

「え、でもまだ八時前ですよ。もっと遅い時刻のほうが」

圭太が手をかざして抗弁を止める。

「深夜にうろついていたら逆に怪しまれる。特に、昼に会ったあの刑事は曲者《くせもの》だよ」

あの刑事――畠山の猟犬じみた顔が脳裏に浮かぶ。

彼はなにかを嗅ぎとっている。飛びかかる機会を待っている。ほかの警察官は騙しおおせても、畠山はかならず三人のもとまで辿りつくだろう。

そのとき自分は誤魔化しきれるだろうか。逃げきれるだろうか――。

いや、無理だ。猟犬に勝てるウサギなどいない。

膝が震え、腰の力が抜ける。真一郎はその場にうずくまった。

「どうした、真」

「……怖いんです。自信がないんです。畠山さんはプロですよ。そんな人に嘘をつきとおす自信なんて、僕には……」

「嘘じゃない」

圭太が屈みこんで、真一郎と目線を合わせる。

「島を守るって気持ちは嘘じゃないだろ？　いまはそこだけを見るんだ。考えるんだ。いいか、真。こいつは殺人犯、それも恵里奈と同年代の子に手をかけた最低の野郎なんだぞ。そんな人間のために、島の未来が潰されていいのか？　それは本当に正しいことなのか？」

圭太の説得は異様な熱を帯びている。けれども、それが正論なのか詭弁なのか、真一郎には判断がつかなかった。恐怖が胸の奥まで沁み、思考を放棄させていた。

無言の新米警官を見て納得したと思ったのか、純が「さて」と口を開く。

「計画はいたって簡単だ。死体を防空壕に放りこんで土を被《かぶ》せる、それで終わり。防空壕の存在を知らねえ県警は、小御坂を見つけられずに尻尾を巻いて本土に帰る。島はもとの静けさを取りもどし、イチジクも以前と変わらず売れていく。完璧だろ」

「土を掘る道具は人数分そろっているか。あまり時間をかけたくないんだ」

「ああ、シャベルをおもてに三本用意している。昨日今日買ったもんじゃねえから、アシがつく可能性はゼロだ。軍手もそろえた。こいつは倉庫に戻ってから焼却する」

「よし……パーフェクトだな」

圭太が力強く頷いた。

「それじゃ、さっそく出発だ。今夜ですべて終わらせてしまおう」

純が立ちあがり、手押し車に手をかけた直後——扉がノックされた。

無言で顔を見あわせる。

誰だ。知らない。警察か。わからない。視線だけで会話を交わす。

そのあいだにも、扉を叩く音はどんどんと激しくなっていく。

そのまま十秒が経ち、二十秒が過ぎて——ふいに音が止んだ。

「……どうしましょう」

真一郎が囁いた直後、扉の隙間に金属の先端が捩じこまれた。

「ちくしょう！　シャベルでこじあける気だ！」

短く叫ぶ純に、圭太が身ぶりで「死体を隠せ」と伝える。純が冷蔵庫の鍵を開け、真一郎が手押し車を押そうと試みた。

「駄目です、重すぎてUターンできない！」

真一郎が悲鳴をあげ、手押し車を放りだしてへたりこむ。

直後、激しい金属音を立てて蝶番が弾けとび、ゆっくりと扉が開いた。

「……なるほど。そういうことだったのね」

月明かりを背に、庄司華江が笑っていた。

Ⅸ

「町長……どうして、ここが」

ハイヒールを鳴らしながら、華江が倉庫に踏みこんでくる。

「さっき、庄吉さんが役場に来てね。〝ゆうべ、圭太たちが死体を運んでおった。あいつらをなんとかしてやってくれ〟と懇願されたの。庄吉さんって面白いのよ。息子の嫁は忘れちゃうくせに、あんたたちの顔は憶えてるんだもの」

「くそ、やっぱりあのとき……」

歯噛みする純を一顧だにせず、華江は倒れた手押し車へまっすぐ近づくと、小御坂の死体をまじまじと見つめた。

「へえ、この男が殺人犯なの。悪そうな顔してるわね」

「ああ、華江オバちゃん以上の悪人だよ」

軽口を叩きながら、純が猟銃の入ったロッカーまでぬき足で移動する。

途端、倉庫がストロボに包まれ、ばちばちという電撃音が響いた。

「軽率な行動は慎みなさい。こんなもの、できれば使いたくないのよ」

華江が、握りしめているスタンガンをかざした。グリップ部分がピンク色に塗装されている。いかにも華江らしい発想だ。

「町長選挙のときに前町長一派から脅迫されてね。それ以来、肌身離さず持ってるの。改造して電圧をあげた特注品。業者は〝屈強な男でも十秒浴びれば命が危ない〟と自慢してたわ。信じられないなら試してあげてもいいけど」

誰も動こうとはしなかった。〈女王〉のこと、嘘や誇張ではあるまい。

「さて……まずは、誰が殺したのか教えなさい」

質問とも命令ともつかぬ言葉に、圭太がそっと手を挙げる。

「俺です」

「いつ」

「テレビが来る前の夜に」

「なるほど……それで今朝も来なかったのね。たいした救世主だこと」

大げさなため息をつく華江に、真一郎が涙目で訴えた。

「事故だったんです！　この男が島をうろついてて、恵里奈ちゃんがいなくなって、それで圭太さんと純さんが〝お前がやったのか〟と問い詰めて、ビニールハウスで揉みあいになって……」

「で、うっかり殺してしまったのね。どうしてそのときに通報しなかったの」

「それは……」

「言わなくてもわかるわよ、島のために隠そうと考えたんでしょ。翌日はテレビも来る。私から交付金の話も聞いている。だから秘密にしようと決めたのね」

華江が唇を固く結び、圭太へ一歩近づいた。

「……本当にバカな子。テレビ中継なんか、中止になっても構わない。交付金だって、どうにでもなる。正直に言ってくれたら全力であなたたちを守ったのに」

圭太がうなだれる。純が拳を握る。真一郎は黙ったまま、鼻水を啜《すす》っている。

数秒間の沈黙——破ったのは、くすくす笑う声だった。

「……なぁんて言うわけないでしょ、バカ」

華江が白い歯を剝きだし、愉快そうに唇を歪めている。

「私は感謝してるの。あんたらが隠してくれたおかげでテレビも無事に放送された。交付金だって首の皮一枚でつながった。万が一通報されていたら、どれもこれもご破算だったでしょうね」

豹変《ひょうへん》におののく三人を横目で睨み、〈女王〉が「さ、排除しましょ」と言いはなつ。

「排除ときたか……華江オバちゃん、ずいぶんエグい言葉を使うんだな」

「当然じゃない。私の島を乱すノイズだもの、害虫だもの。排除するのが最善でしょ。あんたたちだってそのつもりだったくせに、なにをいい子ぶってんの」

「じゃ……じゃあオバちゃんも、防空壕へ埋めるのを手伝ってくれんのか」

「防空壕？　防空壕ですって？　ちょっと待ってよ、本気なの？」

華江が、今度は大声をあげて笑った。

「そんなことだろうとは思ったけど……純、あんたって本当にバカなのね」

「どういう意味だよ。防空壕に入れときゃ絶対に見つからねえだろ」

「見つからないからまずいのよ」

華江は一瞬で真顔に戻った。

「県警はね、この男が島にいると信じてるの。なのに今日も明日も見つからないのよ。警察はいつまでも居座り、そのうちマスコミも島にやってくる。テレビや新聞は、次の特ダネが見つかるまで騒ぎたてるでしょうね。観光客はそのあいだ……いいえ、事件が忘れられる日まで戻ってこない。つまり、島のイメージを回復させるには小御坂が逮捕されるか、死体が発見されないと意味がないの」

「でも、死体が見つかったら他殺とバレちまう。素人が考えた隠蔽工作なんて、警察は一発で見抜くわよ。事故に見せる方法を考えないと」

「無理に決まってるでしょ。だから……あんたらのどっちでもいいからさ」

華江が、純と真一郎を交互に見遣った。

「自首して」

「は？」

突然の指名に、真一郎が顔を凍らせた。純はすでにその言葉を予想していたのか、どすんと床に腰をおろし、ピンク色のスタンガンを憎々しげに睨んでいる。

「こういう筋書きはどうかしら？　不審な男を見かけたので問いつめるなり、男がいきなり襲いかかってきた。揉みあっているうちに殺してしまい、怖くなって山に死体を埋めた……どっちが自首するにしても、悪くないストーリーだと思うけど」

「あ、あの、それじゃ死体損壊・遺棄罪になります。傷害致死罪とは認められない可能性が出てきます。今日殺したことにして、正当防衛と主張できませんか」

真一郎が他人事のように言った。あまりのことに現実感が湧いていないのだろう。

「純だけかと思ったら、真一郎もバカなのね。司法解剖にまわせば、いつ死んだかなんてすぐにわかるの。今日殺した人間の死亡時刻が一昨日だったなんて、供述の信憑性《しんぴょうせい》まで疑われるじゃない。自首した意味がなくなっちゃうわ」

華江が、再び慎一郎と純を見比べた。

裸電球の鈍い光が〈女王〉の顔に深い影を刻む。

「私は真一郎が適任だと思うけど。さっきの話じゃ死体隠蔽の言いだしっぺは真一郎なんでしょ？　だったら責任を取ってもらうのがスジじゃない。大丈夫よ、世間はあなたに同情するはず。熱血新米警官、愛する島を殺人鬼から守るために、職を辞しての犯行……って感じ。泣けるわよね」

「ふざけんなよ、ババア」

座ったままで吠える純を、華江が見下ろしている。

「だったら、あんたが捕まってくれるの？　まあ、そっちのほうが都合はいいのよ。死体を移動する必要もないし、県警だって同業者よりはあっさり捕まえるだろうし。ま、真一郎よりは盛りあがりに欠けるけどね」

華江が、ハイヒールの先で純を小突いた。

「純、一度くらい人の役に立ちなさい。圭太は昔から努力家で、わざわざフランスへ研修に行って島の救世主になったのよ。それに比べてあんたはどうなの。故郷を出る勇気もない、リーダーになる覚悟もない。猟師ごっこで現実から逃げ続けるだけの無計画な人生じゃない。最後の最後に島に貢献してみようって気概はないの」

一瞬だけ拳を握りしめてから、純が諦めたように大きく息を吐いた。

「……腹は立つが、オバちゃんの意見は正しい。わかった、俺が自首するよ」

慌てて圭太が駆けより、親友の肩を揺さぶった。

「おい純、なにを言ってるんだ。人生を棒に振る気か」

「島が、圭太の農園が助かるなら……俺の人生なんて知ったこっちゃねえ」

圭太が身を翻し、華江のジャケットにすがる。

「町長、俺が自首します。ほかの誰かを陥れるなんて……」

圭太が言い終わらぬうちに、スタンガンが再び火花を散らした。

「友情ごっこはやめてちょうだい。交付金は、あんたのイチジクあってこそなのよ。あの果実は島の未来なのよ。それをわかっているからこそ死体を隠したんでしょ」

ふいに華江が表情を柔らかくさせ、圭太の頭を撫でた。

二十年前を思いだす。おなじシチュエーションだが、あのときと異なり、自分を見る華江の目には感情がなかった。そのまなざしが、小御坂睦雄によく似ていると気づいて、圭太は寒気をおぼえた。

「圭太、私もあなたと想《おも》いはおなじなの。あの事故以来、ずっと島を良くしようと努力してきたの。若者が減り、国からも見はなされたこの島にしがみついてきたの。最低の時代だったわ。島の窮状を訴えようと町議になっても、本土の連中は相手にしなかった。面と向かって〝離島のメス猿は芋でも食ってろ〟と笑う議員もいたわ。でも、ようやく新しい時代がきたの。ようやく屈辱を晴らせるの……あんたたちの誰かが犠牲になってくれるだけでね」

最後の一言を口にした瞬間だけ、〈女王〉の目に光が宿った。湧きあがる欲望があふれたような、どこまでも黒い光だった。

放心する三人をちらりと見てから、華江が出口へ歩きだす。軽やかな足どりで、アイネ・クライネ・ナハトムジークを口ずさんでいる。

「じゃ、犯人は純で決まりね。早めに自首してちょうだいよ。勇気が出ないときは〝匿名で告発があった〟と県警に報告してあげるから、いつでも言ってね」

そこまで言ってから、華江が歩みを止めた。

「それと……圭太。純が捕まったあとは、なるべく早めに島を出なさい」

「おい、どういうことだ」

訊ねた純を無視して、華江が圭太を睨む。

「あんたみたいに半端な善人は、いつ後悔の念で自白しないともかぎらないでしょ。罪の意識に苛まれるのは勝手だけど、そういう自己満足は他所でやってよね」

「でも、俺がいなくなったら、いずみ農園は……」

「その点は心配しないで。町営に移管して、ちゃんと私が引き継いであげるから。あんたたちの尻拭いをするんだもの、それくらいの見返りは当然でしょ。大丈夫よ、あんなもの、誰が経営しても一緒だから」

あんなもの——その言葉に、圭太は思わずステンレス台を殴りつけた。

手首の傷に痛みが走る。まるで気にならなかった。怒りがすべてを払拭していた。

「……この野郎、最初からその腹づもりだったんだな」

圭太の言葉に、華江の表情がわずかに変わった。

「あら、久しぶりに乱暴な口を利くじゃない。転覆事故の日以来かしら。あんた、自分では気づいてないだろうけど、意外と純より危なっかしいのよね」

華江の科白は、まるで耳に入らなかった。血が沸騰している。自分をいましめる鎖が、いまにも切れそうなほど張りつめている。

「華江さん、俺は誤解していたよ。あんたの女帝ぶりは強い自分を演出するパフォーマンスだと思っていた。根っこには、いまも二十年前の約束があるんだと信じていた。けれど、それは間違いだったんだな。本当に変わっちまったんだな」

「きれいごとで問題が解決するなら、とっくに島は楽園に変わってるわよ。理想をかなえるために必要なのはね、すべてを捨てる覚悟なの」

ひらひらと手を振り、再び華江が歩きだす。

けれども――彼女は倉庫を出なかった。出られなかった。

入り口に、庄吉がぼんやりと立っていたからだ。

その手にはナタが握られている。昨日とおなじく〈畑仕事〉の帰りなのだろうか。

「……町長、どういうことだ」

闖入者《ちんにゅうしゃ》の登場に、女王は戸惑っていた。

「ちょ、ちょっと。そこをどいてちょうだい」

「ワシは、圭太たちを助けてくれと頼んだんだぞ。それが、どうしてこんなことに」

「関係ないでしょッ。いいから、早くどきなさ……」

華江が庄吉を押しのけようとした直後、なにかが月明かりに光った。

風を切る音が聞こえ、華江の顔のあたりでちいさなかたまりが宙を舞う。

「い……痛いッ」

短い声に続いて、華江の身体がぐらりと揺れた。

肩口に、庄吉が振りおろしたナタが深々と刺さっている。たちまちジャケットが血でざぶざぶ汚れていく。

かたまりの正体――斬り落とされた耳が、床にべたりと落ちていた。

呻く華江に構わず、庄吉がふらふらと倉庫に入ってくる。

「圭太、すまん。町長だったらなんとかしてくれると思ったんだが、どうやら間違っていたようだ。こいつはきっちりワシが始末を……」

庄吉の謝罪は、最後まで続かなかった。

「なにすんのよッ、このクソジジィ！」

激痛に顔を歪めながら、華江がスタンガンを庄吉の胸に押しつける。

再び音が鳴り、稲光のような電流が倉庫を照らした。庄吉がその場に尻餅をつく。華江は血まみれの耳を押さえながら、なおもスタンガンを押しあてている。

「やめろ！　庄吉さんはペースメーカーが！」

圭太が叫ぶ。上半身を赤く染めた女王が「知ったことか！」と吠えた。

「どいつもこいつも私をナメやがって！　あのクソ役人も前の町長もみんなバカにしやがって！　どうだ、どうだどうだ、思い知らせてやる！」

閃光《せんこう》、激音、衣服が焦げる臭気。打ちあげられた魚のように庄吉が痙攣している。純は目の前の光景に怯み、立てずにいる。真一郎は耳を塞ぎ、固く目を瞑っていた。

このままじゃ庄吉が危ない。どうする。

周囲を見まわす圭太の目に、床へ放りだされたままのシャベルが飛びこんできた。

とっさに柄を摑み、大きく振りあげる。同時に華江が喚《わめ》いた。

「この島は私のものだ！　私が作ったんだ！　誰にも渡すもんか！」

そのひとことで――圭太のなにかが変わった。終わった。

「庄吉を助けなくては」という焦燥が、黒い感情に一瞬で呑みこまれる。

「この島を守るのは、俺だ」

静かに言ってから、圭太はシャベルを力まかせに振りぬいた。

鈍い金属音が響き、スタンガンが電撃を止めて地面に転がる。一拍置いてから、びたびたと液体を垂らすような音が響いた。

華江がゆっくり振りむく。

陥没した側頭部から、白い骨とゼラチン質の脳が覗いていた。

「しまは……このしまは……あだじのもの」

言い終えると同時に両目をぐるんと反転させて、華江は前のめりに倒れこんだ。

衝撃で脳漿《のうしよう》と血が倉庫の床に飛び散り、花火のような模様を描いた。

「圭太、大丈夫か！」

這いつくばりながらこちらへやってきた純が、惨状に気づいて再び腰を抜かす。

「俺は大丈夫だ。こっちは……もう駄目だろうけどな。まずは庄吉さんを」

促されるまま、純が四つん這いで仰向けの庄吉へと近づく。圭太も頭皮と毛髪がこびりついたシャベルを放りだして駆けよった。

「そこにおるのは、圭太か……」

弱々しい声とは裏腹に、庄吉の目には力強さが戻っていた。

子供のころにガラスを割った圭太を叱りつけたときの、素直に詫《わ》びた圭太の頭を撫でてくれたときの〈庄吉ジイちゃん〉の目だった。

「お前はようやっとる……約束してくれ、これからも島を守ってくれ……」

「わかったよ……ありがとう、庄吉ジイちゃん」

「……頼んだぞ」

長々と息を吐いて、老人の身体から力が抜けた。

「きゅ、救急車を！　いまならまだ心臓が！」

倉庫の隅で真一郎が叫ぶ。純が庄吉の首に手をあてて、脈を確かめた。

静かに首を振る。

「手遅れだ」

純の言葉に、真一郎が何度も何度もかぶりを振った。

「……また人が死んだ。やっぱり僕は、かさぶたになんてなれない人間なんだ……駄目なんだ、駄目だ駄目だ駄目だ！」

「バカ、諦めんなよ！」

暴れだした真一郎を、純が懸命に押さえつける。

「いま投げだしたら、これまでの苦労はどうなるんだよ！」

「苦労って、僕たちが人を殺して右往左往しているだけじゃないですか。僕たちのおかげで島もおかしくなったんですよ？　たった一日で空気が変わってしまったことに、純さんだって気づいてるでしょ？　それもこれも僕たちが……」

「いいから落ちつけ。まずは、この場をどうするか考えねえと」

「無理です……もう、無理です……」

ふたりの遣り取りを、圭太は自分でも驚くほど冷静に眺めていた。

なぜ、彼らはこれほど取り乱しているのだろう。たしかに計画は狂ったけれど、やるべきことは変わらないではないか。

庄吉にも誓った約束を果たす。島を守る――大事なのは、それだけだ。

ふいに、睦雄を殺したときのような恐怖をおぼえていない自分に気がつく。心は恐怖に震えるどころか、凪《なぎ》のように落ちついている。

そうか――華江は正しかったのだ。

理想をかなえるためには、捨てなくてはいけないものがある。

自分にとっては、いまがそのときなのだ。

島を守るために大切なものを捨てられるのか、試されているのだ。

「……しかし、町長もかわいそうだな。小御坂睦雄に殺されるなんて」

「え？」

「お前、それはどういう意味だ……」

ふたりが、ぎょっとした顔をこちらに向ける。

「どういう意味って……これほど残忍な犯行だぞ。小御坂がやったに決まっているじゃないか。庄吉さんは徘徊中の事故死だろうな。もとから悪い心臓が、とうとう止まったんだ。なあ、そうだよな」

突然問いかけられた真一郎が、目を泳がせる。

「ええと……嘘で犯人をかばう犯人隠避罪、証拠隠滅罪はいずれも三年以下の懲役または三十万円以下の罰金です。圭太さんがしようとしていることは、どちらかの罪に該当します。というか、法律以前にそんな嘘は無茶ですよ……」

しどろもどろの警察官を一瞥し、圭太が苦笑する。

「真、お前だってさっき言ってただろ。〝島のみんながおかしくなっている〟って。それは小御坂の悪意が伝染ったんだよ。あの男が島に来た所為《せい》で、最初に俺たちが彼の悪意に感化され、それがイチジクの病気みたいに島民へ伝播《でんぱ》していったんだ。これは感染を食い止めるための正しい措置なんだよ。島を守るためには仕方のない手段なんだよ」

圭太の醸しだす気配に圧《お》され、純が後退りながら答えた。

「悪いが……そこまで無茶な話を、警察がすんなり信じてくれるとは思えねえ」

「警察なんかどうにでもなるよ。重要なのは、俺たち以外に現場を目撃した人間はいないって事実だ。小御坂とおなじで、このことは誰も知らない……」

「どういうこと」

声に振りむくと、庄吉の義理の娘――洋子が倉庫の前に立っていた。

背後から「オヤジはいたか？」と昭一の声が近づいてくる。

「なんで……洋子さんがここに」

「なんでって……お義父さんがまたいなくなって、探しにきたら……叫び声が」

冷や汗がどっと噴きだす。鼓動が速まる。

横田夫妻と対峙したまま、圭太は懸命に考えを巡らせた。

どうする、彼らも殺すか。それとも――。

結論が出るまでに、さほどの時間はかからなかった。

なるほど。運命というやつは、とことん俺を試すつもりのようだ。

いいだろう、乗りこえてやる。

絶対に、計画を成功させてみせる。島を守ってみせる。

震える横田夫妻のもとへゆっくり歩み寄ると、圭太はその場で頭を下げた。

「小御坂睦雄を殺したのは、俺たちです」

X

三人にすべてを打ちあけられ、横田夫妻は顔から血の気が引いていた。

「お願いです。計画に協力してもらえませんか」

「いやいや、まずは警察に届けないと……」

「そんなことをしたらおしまいです。俺たちも、イチジクも、島も」

床に頭を擦りつけようとする圭太を、慌てて昭一が止める。洋子は黙ったまま、横たわる庄吉の顔を見下ろしていた。

しばらく沈黙していた昭一が、首を横に振る。

「……親父が殺されたのは本当に悔しいが、犯罪の片棒を担ぐことはできないよ。私たちにも生活というものがあるんだ。すまんが勘弁してくれ」

それでも圭太は諦めなかった。深々と頭を下げたまま、なおも食い下がる。

「庄吉さんとも最後に約束したんです。俺は、島を守らなくちゃいけないんです。島のみんなを幸せにしなくちゃいけないんです」

「そうは言ったって……」

「いいじゃない、あなた。協力してあげましょうよ」

「え」

洋子が、静かに笑っていた。

見たことのない表情に、昭一はもちろん純や真一郎も怯んでいる。

「ねえ、圭太くん。本当に島を守ってくれるのよね。みんな幸せになれるのよね」

「洋子さん……」

戸惑いながら、圭太はこっくりと頷いた。

「だったら約束して。交付金で施設を建てることが決まったら、お義父さんの畑を買ってね。あの役に立たない土地を、めいっぱい高値で購入してちょうだい」

「お前……なにを言いだすんだ」

「私だって、そろそろ報われてもいいでしょ」

うろたえる昭一を、洋子が鼻で笑う。

「毎日毎日トラックでテレビや冷蔵庫を運んで、お義父さんのオムツを替えて、ご飯を食べさせて、怒鳴られて……これだけ苦労したんだもの、幸せになったっていいじゃない」

呆然とする男性陣をよそに、洋子は嬉しそうに大きく伸びをした。

「さ、まずはお掃除しなくちゃ。がんばろっと」

「……なかなか取れないもんだな」

濡れ雑巾で必死に床の血を拭う昭一を一瞥し、洋子が「当然でしょ」と笑った。

「血液はね、水で拭いた程度じゃ取れないの。こっちが毎月どれだけ苦労してると思ってるの。しかも、警察は血痕そのものじゃなくてルミノール反応を調べるの。血の痕がなくても反応が出たら終わりなのよ」

「じゃ、じゃあ、どうすれば」

夫の問いに、洋子は倉庫の棚に置かれている車両用バッテリーを指した。

「なかの電解液を撒《ま》けば希硫酸で検出しにくくなるはずよ。ガスを吸わないように気をつけてね。これ以上死体が増えるのはごめんだから」

「洋子……どこでそんな知識を」

「私ね、ちいさいころは科学者になりたかったの。でも、父に〝女が大学に行く必要なんかない〟と止められて、泣く泣く諦めたのよ。だから、あなたには残念な報《しら》せだけど、島いちばんの理系は私なの」

放心する昭一を横目に、圭太はナイフを指に押しあてた。

「……よし、こいつをイノシシの牙になすりつけてくれ」

血の玉が浮かんだ指の腹を、純に差しだす。

血を目にした真一郎が「な、なにしてるんですか」と声をあげた。

「偽装工作だよ。畠山は、十中八九〝イノシシを調べさせろ〟と言ってくるはずだ。俺の血が検出されないとおかしいだろ」

「あの男だけは油断ならねえからな、念には念を入れておかねえと」

畠山の憎たらしい顔を思いだしたのか、舌打ちをしながら純がタオルを圭太へと渡す。受けとったタオルで指の血を拭くと、圭太は一同に改めて告げた。

「みんなのおかげですべての証拠が消えた。町長の痕跡も皆無、シャベルとナタはきれいに拭いてから小御坂に握らせ、指紋を付着させた。万が一県警が倉庫を調べても、見つかるのは俺の血がついたイノシシだけ。これでなにも問題ない」

「あの……実は、ひとつ問題が」

安堵の空気を裂くように、真一郎が手を挙げた。

「さっきから町長の携帯を探しているんですが、どこにも見つからないんです」

「え、そいつはまずいな。ちょっと鳴らしてみようか」

スマホを押そうとする昭一を、純が大声で諌めた。

「やめろ！　そんなことをしたら履歴が残る。証拠はいっさい残さないでくれ」

「そ、そうか。しかし、だったら携帯はどこだ」

真一郎が腕組みをする。

「役所か自宅、それとも誰かに預けたか……ってまさか町長、ここに来ることを誰かに話してませんよね」

「その点は大丈夫よ」

洋子が乾いた声で笑う。

「華江さんは独身だし身寄りもないし、そもそもあの女、他人を信じてないもの」

冷徹な答えにその場の全員が押し黙るなか、圭太が再び口を開いた。

「時間がない。携帯の捜索はひとまず保留しよう。まず、庄吉さんを自然死にしてもらうのが先決だ」

「して……もらう？ 誰に？」

きょとんとしている昭一に、圭太が頷いた。

「死因を判断できるのは、この島にたったひとりです」

「手を貸すのは診断書だけだぞ」

医師の山下は、圭太たちの説得にあっさり落ちた。

もとから町長を快く思っていなかったのに加え、交付金がなくなって病院が露と消えるのを恐れたのだろう。深夜の診療所ですらすらと死亡診断書を書いてくれた。

「だが、町長はさすがに誤魔化せん。オツムの割れた自然死なんて誰も信じない」

渋面を崩さぬ山下の手を握り、圭太は微笑んだ。

「こんなシナリオはどうでしょうか。小御坂睦雄は島を逃げまわっていたが、たまたま出くわした町長を脅して船の鍵を奪い、洋上まで連れだして殺害した……」

「船の鍵だって？」

同席していた昭一が素っ頓狂な声をあげる。

「役場の船が沖合で見つかれば、県警は小御坂が泳いで本土に逃げたか、あるいは転落のすえに溺死したと判断するはずです。警察の目が島から逸れてしまえば、小御坂の死体はどうにでもできます」

「でも、船の鍵は役場で管理しているぞ。どうやって持ちだすんだ」

「もちろん、管理している人物に借りるんですよ」


「町長が……死んだ」

訃報を聞くなり、野毛の手からコーヒーカップが滑り落ちた。

応接室の分厚いガラステーブルに茶色い液体が広がる。しかし、野毛に拭く気配はなかった。あまりのことに放心しているのか、もしかしたら過労でその気力すらないのかもしれない。

事実、野毛の顔には疲れが色濃く残っていた。おおかた華江に残業を押しつけられ、役場で夜を明かしたのだろう。頬はげっそりと痩《こ》け、目の下に隈《くま》が刻まれている。

革張りのソファーで脱力する補佐役を、圭太はなにも言わず見守った。

野毛は華江の従順な下僕だ。主人を殺されたと激昂し、その足で県警へ駆けこむ可能性も低くない。そこまでせずとも、保身を第一に考え協力を拒むかもしれない。華江殺害を告白するのは、一か八かの賭けだった。

さあ、どう出る。どう答える。

「それで……私はなにを手伝えばいいんだね。なんでも言ってくれ」

「えっ」

思わず驚きの声が漏れた。野毛がソファーへ掛けなおし、胸ポケットからタバコを取りだして火をつける。彼が喫煙している姿をはじめて見た。

「県警ではなく、わざわざ私へ伝えたということは……そういうことなんだろ」

「船の鍵を貸してもらえますか。役場の船を沖まで流してしまいたいんです」

「ああ、なるほど……それで犯人が逃げたことにするんだな」

野毛は計画をすぐさま把握した。愚鈍な太鼓持ちだとばかり思っていたが、実はかなり聡明《そうめい》な人物なのかもしれない。

「巻きこんでしまって申しわけないとは思います。ですが、島のためには……」

「圭太、本当にありがとう」

突然、野毛が握手を求めてきた。

「このままだったら、私が町長を殺していたよ。限界だったんだ」

力強く手を揺さぶられながら、圭太は確信していた。

この勝負は、俺の勝ちだ。

自分の愚かな過ちが、結果として島の結束を高めている。秘密を共有することで、より強固な関係を築いている。やはり自分は間違っていなかった。これは運命だ。一連の事件は、島を守りぬくために必要な洗礼だったのだ。

さて——ここからが本番だ。

計画を完遂するには、より多くの島民を共犯にしなくてはいけない。

「船の鍵はすぐに渡せるが……ほかに私ができることはあるかい」

テーブルにできたコーヒーの水たまりでタバコを消し、野毛が訊ねる。

「会う人会う人に、それとなく話してほしいんです。〝警察は島民を疑っているようだ。犯人が見つからなければ、冤罪《えんざい》でも構わないから島の人間を捕まえようと思っているらしい。理不尽な暴力をふるわれた人もいるとの噂を聞いた。このままいけば島の秩序が破壊されてしまう、そんな気がする〟……と、こんな感じで」

野毛が目を見開く。こちらの思惑を一瞬で悟ったらしい。

「噂を聞いただの、そんな気がするだの……憶測まじりで言えば、ますます話に尾鰭《おひれ》がつく。島民をいっそう疑心暗鬼にさせ、県警を敵に仕立てあげるつもりか」

「仰《おっしゃ》るとおりです。どうでしょう、悪くない計画だと思いますが」

「悪くないどころか……ある意味最悪だよ。猜疑心は人から正気を奪い、信じられないほど残酷な行動へと駆りたてる。アメリカのタルサ暴動や、アフリカのルワンダ虐殺、関東大震災……例を挙げればきりがない」

野毛は、圭太の知らない歴史上の事件をすらすらと諳じてみせた。本当に賢《さか》しい男のようだ。

「それらとおなじ状況を画策するとは……きみは本当に恐ろしい男だな」

「恐ろしくなんかありませんよ。僕はただ、島を守りたいだけですから」

さらりと言ってから、圭太は笑った。

微笑むだけのつもりだったのに、自分でも知らぬまに声をあげて笑っていた。

第三章

I

「このたびは……ご愁傷さまです」

玄関先の横田夫妻に青木千尋が深々と頭を下げた。いっぽうの畠山努は会釈すらせず、青木の数歩うしろで突っ立っている。

ちぐはぐな態度を諌めるように一陣の風が吹き、白と黒の鯨幕が揺れた。

「こんなときに恐縮ですが、お父様が亡くなった状況をお教えいただけますか」

「どういうことでしょう」

喪服姿の横田昭一が、眉間に皺《しわ》を寄せる。

「捜査の都合上、関係者が亡くなった場合は事情を聞く決まりでして」

「関係者って、どういうことですか？」

「あくまでも形式的なものですから、どうか気を悪くなさらないでください」

青木が再び一礼する。

「状況って……今朝起きたら、息をしていなくて。もともと心臓が悪かったもので、覚悟はしてました。年齢を考えれば、長生きしたほうだと思います」

「本当に、単なる心不全ですかね」

畠山が独りごちる。洋子が夫を押しのけて「どういう意味です」と語気を強めた。

「聞こえましたか、これは失礼。いや、誰かに殺されたなんて可能性はあるのかと思ったもんで」

「あの……これって形式的なものなんですよね？」

「え、ええ。そうなんですけど……」

慌てて青木が取りなしたが、洋子の怒りはおさまらない。

「家族が死んだばかりの人間に……非常識です。そんなに疑うなら義父を看取《みと》った山下先生にでも聞いてください。診療所にいるはずですから」

「失礼します。葬儀の準備がありますので」

「あの、もうすこしだけお話を」

ぴしゃりと音を立てて、引き戸が閉まった。

青木が肩を落とす。先輩のふるまいはすでに諦めているらしい。

「まあ……普通に考えたら事件とは関係ないですよね。八十五歳ですもん」

「無関係と決めつけるのはまだ早い。ほら、医者のところに行くぞ」

「無関係だよ」

カルテを記入しながら、山下伸介はぶっきらぼうに答えた。

島の診療所を任されている老医師だが、都会的な態度がはしばしに見える。もしかしたら、かつては名のある病院に勤めていたのかもしれない。

「庄吉さんは加齢による心不全……いわゆる大往生、安らかな最期だ。ペースメーカーは入れていたが、年齢が年齢だからな。仕方ない」

「本当に検死したんですか」

患者用の丸椅子を退屈そうに回転させながら、畠山が問うた。

「……どういう意味だね」

ペンを走らせる手を止めて、山下がふたりを睨む。慌てて青木が口を開いた。

「いえ、事件のさなかですので、万が一のことがあってはと思いまして」

「しっかり検分したに決まっているだろう。それともなにかね、畳の上で死んだ爺《じい》さんを切り刻めというのかね」

「ま、このおんぼろ診療所じゃ病理解剖は無理でしょうな」

畠山の科白に、山下が椅子から立ちあがった。

「僻地《へきち》の医者だと思って、人を馬鹿にするな！　これでも私は大学病院で腕をふるってきたんだ。施設が古かろうが機器に乏しかろうが、見立てを誤ることなど絶対にない。くだらん邪推をするヒマがあったら、とっとと犯人を……」

熱弁の途中で診察室のドアが開き、看護師の女性が顔を覗かせた。

「あの、先生。次の患者さんがお待ちです。そろそろ」

「わかった……まあ、そういうことだ。帰ってくれ」

山下が手を振り、ふたりを追いはらう。

「……ご協力ありがとうございました」

礼を述べて診察室を出るなり、青木は思わず身構えた。

待合室のベンチに、老人たちがみっしりと座っている。いずれも島民なのだろうか、
全員の視線が青木と畠山に注がれていた。

皺だらけの顔は表情に乏しく喜怒哀楽がはっきりしない。それなのに、目だけは冷たい感情が浮かんでいた。余所者を値踏みするような、冷えきったまなざしだった。

と、戸惑う青木に向かって、老人のひとりが声をぶつけた。

「お前らの所為で、めちゃくちゃだ」

すぐには言葉の意味が理解できない。数秒考えて、ようやく「県警の来訪を責めているのだ」と気づく。抗議したい衝動をぐっと堪え、青木は待合室を横断した。

たしかに警察は憎まれがちな存在である。つねに疎まれ、嫌われ、悪態をつかれる。

青木自身、現場で市民から責められた経験は片手で数えきれない。

とはいえ、いまの言葉はあまりにも理不尽ではないか。自分たちは島に侵入した殺人

犯を捜し、東奔西走しているのだ。平穏な島の暮らしを取り戻すために奮闘しているのだ。なのに、感謝されるどころか嫌悪されるとは――虚しくなってしまう。

と、バッグのなかでスマホが鳴った。

受付の看護師に軽く頭を下げ、足早に玄関へと向かう。

「はい、もしもし。青木です……え？　死んでる？」

そのひとことを聞きつけ、畠山が近づいてきた。電話を終えるなり「小御坂だな」とぶつからんばかりに詰めよってくる。

一拍置いて、青木は首を振った。

「残念ながら違います。今度は、町長の他殺体が発見されました」

Ⅱ

「……本日早朝、沖合十キロの地点で座礁している船を地元漁師が発見。確認したところ船室内で女性が死亡しており、まもなく町長の庄司華江と確認されました。船は猪狩町役場の所有する小型船舶で、鍵は町役場が管理していたようです」

ホワイトボードに貼られた地図を示しながら、担当刑事が現場の状況を報告する。

会議室に集まった捜査一課の面々の反応は鈍かった。腕組みをしている者、頬杖《ほおづえ》をついて地図を睨む者——態度はさまざまだが、その表情は前日にもまして暗い。

当然といえば当然だ。小御坂を発見できないどころか、町長が死体で見つかったのだから。どう考えても警察の大失態、責任を問われてしかるべき事態である。

「……発見時の状況はわかった。続けろ」

捜査本部長の長田隆二が、口のなかでのど飴《あめ》を転がしながら告げた。叫びすぎて声が嗄《か》れたのに加え、心労で食欲が湧かず、やむなく飴で栄養を補っているらしい。

「被害者の死因はスコップで側頭部を殴打されたことによる脳挫傷と思われます。ナタで斬られた痕もありましたが、こちらは鑑識によれば致命傷ではないそうです。ナタとシャベルは遺体の近くで発見、いずれも小御坂の指紋が検出されています。これらの事実から被疑者は町長を殺害後、船を奪って島を出たものと推定されます。殺害後になんらかの原因で船が座礁したため、陸地まで泳いで逃げたと思われますが、当時の潮流から考えて、無事に上陸できたかどうかは微妙だそうです」

報告を聞き終え、長田がこれみよがしにため息をついた。

「だとすりゃ、溺れて海の底……って可能性もあるわけか」

「明日は沿岸に地元ダイバーを潜らせる予定です。ただ、猪狩島周辺では過去にも漁船の転覆死亡事故が起こるなど、潮の流れが不安定で……」

「何年刑事やってんだ！」

畠山の罵声が説明を遮った。捜査員たちの顔が不良刑事に集中する。

「こんなもの、どう見たって偽装だろうが」

「……畠山ぁ、どういう意味だコラ！」

長田が一気に飴を嚙み砕き、蛮声を張った。

「小御坂の犯行に見せかけた第三者の犯行……そういう意味です」

「てめえ、捜査本部《ウチ》の考えが気に入らねえってのか」

「単なる個人的な意見です。考えてみてください、なんでスタンガンを持ってる人間が背後から殴られてるんですか。そもそも小御坂ならババアひとりを殺すのにあんな手こずりません。一発で脳天にナタを叩きこみます」

「それは……船が揺れて手元が狂ったとか」

担当刑事の推理を、畠山が鼻で笑う。

「小御坂は殺人に関しちゃ〈ベテラン〉です。そんなヘマは絶対しない。そもそも、あいつは船に乗るどころか島を逃げまわってすらいない。とっくに死んでますよ」

突拍子もない発言に会議室がざわつく。当然の反応だった。そんな仮説は捜査本部が立ってからこのかた、一度もあがっていない。

「このゴロツキ刑事が……憶測でモノ言ってんじゃねえぞ！」

長田が再び嚙みついたものの、畠山は動じない。

「憶測じゃありません。昨日、山のなかで防空壕を数ヶ所見つけました。小御坂が本当に島内を逃げていたなら、あんな絶好の隠れ家を見逃すわけがない。しかし、どの防空壕にも人間がいた形跡はなかった。つまり、あいつはとっくに死んでいる。町長と遭遇できるわけがないんです。庄司華江を殺したのは別の人間ですよ」

「……減らねえ口でゴタクばっかぬかしやがって！　第一、町長を恨んでる人間は誰もいねえって証言を集めてきたのはお前らだろうが。違うか、青木！」

「は、はい。そうです」

いきなり名前を呼ばれ、慌てて青木が立ちあがる。

町長が殺されたとの報せを受け、青木と畠山はすぐに聞きこみを開始していた。だが、丁寧に叩けば埃《ほこり》のひとつくらい出るだろう――との予想に反し、住民は判で押したように口をそろえて「町長がどれほど猪狩島の発展に尽力したか」「彼女を恨む者など、この島にはひとりもいない」と賛辞を繰りかえした。結果、現時点で怨恨の可能性は捜査線上から消されている。

改めて説明した青木をぎろりと睨《ね》めつけ、長田が机を拳で殴る。

「だったら、小御坂のセンしかねえだろうが」

「まあ……そうなんですが」

身を縮こまらせる青木を横目に、畠山が口を開いた。

「島民の証言、本当に信用できるんですかね」

「あぁん？　どういうこった」

「俺からすれば、全員で口裏をあわせているようにしか思えないんですよ。この島の連中、どいつもこいつも不気味な目をしてる。目的のためだったら、騙《かた》ることも欺くことも、人を殺すことも厭《いと》わない……全員、そういう目つきなんです」

長田が思わず噴きだした。頬ばったばかりの飴がテーブルに転がる。

「おい待てよ。要は、島が総ぐるみで殺人を隠蔽しているってのか。そいつはまた、ずいぶんスケールの大きな話だな。映画化できるぞ」

数名の刑事が、本部長に追従して苦笑いする。畠山はにこりともしない。

長田が顔から笑みを消し、転がった飴を口に含んだ。

「……畠山、てめえがこの事件にこだわる理由は、俺も充分に理解してるつもりだ。けどよ、残念ながら俺たちは探偵じゃねえ。〝僕はこう推理しました〟だけで手錠はめられるわけがねえだろ。そんなに疑うなら、さっさと証拠を持ってこい」

「……わかりました。かならず見つけますよ、動かぬ証拠を」

畠山がのっそりと起立し、いつもどおり部屋の隅に立つ真一郎へ視線を投げた。

《かならず見つけますよ、動かぬ証拠を……》

スマホのスピーカーから流れてくる声に、純と圭太は息を呑んでいた。

捜査の進捗を探るため、真一郎には「スマホを通話状態にして会議に参加しろ」と伝えている。おかげでいろいろ状況が把握できた。県警が自分たちの策略どおり、町長を殺したのは小御坂だと思っていること。けれども、畠山だけはそれを疑っていること。良いニュースと悪いニュースを同時に聞いてしまった。

「あいつが防空壕を見つけていたとは……誤算だったぜ」

純の言葉に、圭太が「ああ」と短く答える。

「狡猾《こうかつ》な畠山のことだ、どんな罠《わな》を張っているかわからない。運ぶのは無理だな」

荒ぶる猟師がステンレス台を殴りつけた。内心の焦りが傍目《はため》にも見てとれる。

しかし、圭太に焦燥感はなかった。それどころか、狩りをする前夜のように武者震いが止まらない。もしや自分は純よりも猟師に向いているのだろうか。それとも、この高揚感は狩られる獣の昂りなのだろうか。

と、〈本物の猟師〉がこちらを向いた。

「圭太、お前はひとまず家に帰れ。あの口ぶりじゃ、畠山はこのあと俺の倉庫まで来る可能性が高い。ここにお前がいたら、ますます怪しまれる」

「純、ひとりで大丈夫か」

「心配ねえよ。あんな刑事くらいなんとかできる」

どうやって——とは訊かなかった。顔色を見れば、策などないのはわかっている。大丈夫だよ、お前の焦りも想定内だ。計画は順調、なにも問題ない。内心で答えると、圭太は親友の忠告にしたがい倉庫をあとにした。

「……田辺さん、田辺純さん。いらっしゃいませんか」

青木が呼びかけたものの、倉庫から応答はない。畠山は構わず扉に手をかけた。鍵はかかっていない。見ると、砕けた蝶番の破片が扉にぶら下がっている。壊れたのか——もしくは誰かが壊したのか。

そのまま無人の倉庫内をずかずかと進み、畠山は巨大な業務用冷蔵庫の前に立った。シリンダー式の取手には鎖が巻かれ、南京錠が取りつけられている。

銀色のドアへ鼻を近づけると、かすかに憶えのあるにおいが嗅ぎとれた。

真夏の〈現場〉に充満している悪臭。タンパク質が分解されるときの、独特な異臭。さらに確認しようと鼻で息を吸う。

直後、乱暴な足音に続いて、純が倉庫へと踏み入ってきた。

「なにしてるんですか、あんたたち」

「こりゃどうも。あんたが撃ったイノシシを見せてもらおうと思ってね」

「お断りです。この倉庫は防疫上、部外者の立ち入りを禁じてるんで」

「へえ、防疫上ときたもんだ。最近の猟師ってのは小賢しい知恵があるね」

「なんだと」

睨みあうふたりのあいだに青木が割りこみ、殊勝な口調で弁明した。

「田辺さん、これはあくまで捜査協力のお願いなんです」

「申しわけないが、そのお願いは聞けませんね」

純が冷蔵庫の前に立ち、ドアを拳で殴りつけた。

「野生のイノシシは畜産の豚と違い、感染症や寄生虫に細心の注意をはらう必要があるんです。そんな場所に、あんたらは勝手に入ろうとしたんです。万が一のことがあったら、どう責任を取ってくれるんですか」

「へえ、そのわりには何人も出入りしてるみたいだな。倉庫のまわりを調べたら靴跡がいくつか残ってたぜ」

「……とにかく、感染のリスクを冒すわけにはいきません。帰ってください」

純が倉庫の扉を指し、退出を促す。

抵抗することなく、青木は入り口へと向かった。どれほど粘っても、令状なしで家宅捜索はおこなえない。おまけに今回は単なる事情聴取、当事者から拒否された以上は手も足も出ない。

しかし、相棒はそう思っていなかったようだ。

畠山が扉の前で足を止め、純に告げた。

「俺はこれから泉圭太の家に行く。お前のところにも毎日顔を見せるつもりだ」

「……なんで、わざわざそんなことを俺に言うんですか」

「さあな、別に理由なんてないよ」

嘯《うそぶ》いてから出口へ歩きだした畠山が、ふいに足を止める。

「そういや、追いつめられた獣ってのは藪から飛びだしてくると聞いたんだが、それは本当かい、猟師さん」

純はなにも言わない。返事を待たずに畠山は倉庫を出ていった。


「……昨晩、ご主人の泉圭太さんはどちらへ」

「地区のパトロールで、友人の家に行っていましたけど」

「殺人犯がうろついているのに、ちょっと呑気すぎやしませんか」

「そのためのパトロールですし、友人の家はここから近いので」

「ふうん。俺だったら、奥さんと子供を置いて出かけたりはしませんけどね」

「そう言われましても……」

刑事ふたりの唐突な来訪に、加奈は戸惑っていた。

礼儀正しい女性刑事はともかく、もうひとりの刑事はなんなのだろう。さっきから不《ぶ》躾《しつけ》な質問ばかりをぶつけてくる。意図がわからず戸惑うほかない。

そろそろ圭太が農園から帰ってくる時刻だが、この刑事は夫にもねちねちと質問する気なのか。どうして自分たちがそのような目に遭わなくてはいけないのか。

もしや――圭太がなにか関係しているのか。

胸がざわめきだしたところで、ちょうどチャイムが鳴った。

玄関の開く音に続いて、足音がリビングへ近づいてくる。開いたドアから圭太が顔を覗かせ「おや、刑事さん。連日ご苦労さまです」と会釈した。

「いやあ、大変なことになりましたね。まさか町長が殺されるなんて……」

「傷、いかがですか」

圭太の言葉を無視して、畠山が粗雑に訊ねた。家族の手前ということもあってかいちおうは敬語を使っているものの、口調には詰問じみた雰囲気が滲んでいる。

そんな威圧感もどこ吹く風で、圭太が包帯の巻かれている手を高々とかかげた。

「おかげさまで、ずいぶん良くなりましたよ。そうだ、おひとついかがですか」

そう言いながら、ビニール袋からイチジクを一個取りだし、畠山の手に握らせる。黒い皮がざくりと割れ、種だらけの果実が覗いている。

「熟れすぎちゃったんです。そのまま放置していると虫が寄ってくるので、早めに捥《も》ぎとりました。害虫なんて、いないに越したことはありませんからね」

「なるほど……じゃ、ありがたくいただきます」

「それで、今日はどのようなお話をすれば？」

「いえ、聞きたいことはあらかた奥様からうかがいましたんで。また来ます」

コートのポケットへイチジクを捩じこみ、畠山が立ちあがる。

その背中へ、圭太が爽やかに声をかけた。

「協力できることがあったらいつでも仰ってください。お待ちしています！」


「……青木。あのふたり、どう思う」

車に戻るなり助手席のシートを倒し、畠山が問う。

どこで拾ったものやら皺だらけの白い紙をぼんやり眺めている。あいかわらず行動の読めない相棒に戸惑いつつ、青木は口を開いた。

「そうですね……田辺純は捜査に非協力的でしたけど、元来そういう性格のようです。島民に聞きこみをした際も〝同級生である泉夫妻以外とは、あまり交流を持たない人物だ〟との証言を島民数名から得ています。いっぽうの泉圭太はすこし社交的すぎると感じましたが、妻の加奈含め、怪しい挙動は見られませんでした」

「俺も同意見だ」

「じゃあ……あのふたりはシロですか」

「逆だ。シロすぎる」

畠山がダッシュボードに足を載せた。

「粗暴な田辺と町おこしに奮闘する泉。どちらも客観的な評価と一緒で、言動にもブレがない。でも、ありえるか？　殺人犯が島民をふたりも殺して、おまけに逃亡してるんだぞ？　そんな状況で、いつもと変わらず暮らせるほうがどうかしてるよ。泉のカミさんみたいにドギマギするのが普通の反応だ」

「でも、嘘をついている様子はありませんでしたけど」

「ああ、多くの人間は嘘をつきとおせない。良心の呵責《かしやく》に耐えかねて自白するか、もしくは辻褄《つじつま》あわせに失敗して破綻する。だがな」

畠山がポケットから黒イチジクを取りだし、ひとくち齧《かじ》る。

「世のなかには、平然と嘘をつく人間ってのが存在するんだよ」

「小御坂のように……ですか」

「いや、あいつみたいに特殊な人間でなくても、誰しもがそうなりえるんだ」

唇から垂れる果汁を掌《てのひら》で拭い、畠山は話を続けた。

「良心を踏みにじってでも貫きとおすべき重大な秘密や、絶対に守りぬかなくてはいけない大切なものを抱えたときに、人は平気な顔で他人を欺く。本人なりの、揺るぎない使命があるからだ」

「つまり、彼らはなにか秘密を守っている……ってことですか」

「ああ、俺はそう睨んでいる。あいつらは、まっしろなクロだ」

断言する畠山の横顔を、青木はまじまじと見つめた。

「……なんだよ。顔にイチジクの種でもついてるのか」

「いえ。いつも適当な畠山さんにしては、納得できる理屈だなと思って」

青木の返事にむっとした畠山が、運転席へイチジクを投げようと腕を振りかぶる。と、暴挙を見越していたかのようにスマホが鳴った。

「ちょ、ちょっとストップ。本部長からメールです」

畠山を手で制して画面に目を落とすなり、青木が「嘘でしょ」と漏らした。

「どうした。あのハゲ、いよいよ血管が切れてくたばったか」

「今夜の横田庄吉さんのお通夜に、県警代表で顔を出せ……だそうです」

「は？　なんで俺らが行かなくちゃいけないんだよ」

「そりゃあ……これだけ捜査に進展のない状態じゃ、さすがに本部長も島民に会いたくないんでしょう。要は面倒を押しつけられたんですよ、私たち」

種がびっしり詰まった果実の断面を見つめながら、畠山は舌打ちをした。

「警察もイチジクも甘ったればかりか……上等だ、青い実を捥ぎとってやるよ」

Ⅲ

横田家では、すでに通夜を終えての会食がはじまっていた。

手伝いに訪れた近隣の主婦らが、線香のけぶる座敷へ次々にビールや寿司《すし》を運びこむ。慌ただしくもしめやかな空気のなか、昭一が祭壇の前で挨拶をはじめた。

「父は猪狩島を愛していました。圭太くんや町長のおかげで島に希望が生まれたと喜んでいた。そんな父の遺志を継ぎ、私も圭太くんの農園を支援したいと思います。それが、父の一番の供養になると信じています」

泣き腫らした目で昭一が息を吐き、その場に集まった島民がいっせいに頷く。

「まさしく、昭一さんの言うとおりだ！」

医師の山下が声を張りあげた。

「町長は代わりがいる。しかし、圭太がいなけりゃこの島はおしまいなんだ！」

老医師は赤い顔で一升瓶を抱えている。慌てて野毛が瓶を奪い「先生、ちょっと飲み過ぎです」と小声で窘めた。もっとも、その声にあまり真剣味は感じられない。島民たちにも憤る者はいなかった。山下の発言が真実だと態度で認めていた。

島民のひとりが、やおら野毛の肩を抱いて吠える。

「そうだ！　こんなときだからこそ協力するべきだ。な、野毛さん！」

奮起を促され、野毛が立ちあがった。

「仰るとおりです。いずみ農園のイチジクがあれば、交付金の五億円が入ってくる。町長亡きいま、彼女のぶんまで私が頑張ります。島全員で島の救世主、圭太くんを応援しましょう。県警の妨害に負けることなく、猪狩島を楽園にしましょう！」

華江が憑依《ひょうい》したかのごとく雄弁に語ってから、野毛は「さあ、圭太くん」と当の〈救世主〉に挨拶を求めた。

圭太が起立し、一礼して満座を見わたす。

高揚した顔ぶれのなかに、いくつか物憂げな表情があった。

どことなく寂しげな笑みを浮かべている加奈。小動物のようなまなざしを向ける真一郎。純は、湯呑みに酒を注《つ》いで黙々と呷っている。

彼らに語りかけるつもりで、圭太は口を開いた。

「この数日、いろいろ不幸な出来事がありました。けど、なにも心配はありません。二十年前、あの悲劇で衰退した島は再生しようとしています。あと一歩なんです。どうか、団結して不運を乗りこえましょう。そのためにはみなさんの力が……」

アジテーションは最後まで続かなかった。

襖《ふすま》が開き、青木と畠山が姿を見せたからだ。

「このたびは……」

青木が一礼する。返す者は皆無だった。

「県警を代表し、お悔やみにうかがいました」

青木が祭壇の前に進んで手をあわせ、粛々と焼香をする。いっぽう畠山は庄吉の遺影を見つめたきり、合掌する素振りもない。

重苦しい気配のなか——参列者から、ぼそり、と声があがった。

「いつまで島にいるつもりだ」

「あの、それは上の人間が決めることですので」

焼香を終えた青木が、言葉を選びながら答える。

「もう用はないだろ。犯人は船で本土に逃げたらしいじゃないか」

「それも、まだ確認が取れたわけではありませんから」

なるべく刺激しないよう努めての返答。しかし、あまり効果はなかった。

「大勢で乗りこんできたくせに、町長ひとり守れねえんだものな」

「おまけに私たちを容疑者あつかいしてさ。気分が悪いったらないのよ」

「通夜の前にもやってきて根掘り葉掘り聞いたそうじゃない。なに考えてるの」

「そもそも、お前たちがしっかり殺人犯を見張ってりゃ、こんなことには」

堰《せき》を切ったように非難を浴びせる島民の様子を眺めながら、青木は驚いていた。

よそよそしくはあったが、昨日まではもうすこし温厚だった印象がある。殺人犯の潜伏と、町長の殺害。ふたつの衝撃的な出来事があったとはいえ、ここまで敵意をあらわにするものだろうか。

と、戸惑う彼女のかたわらで、畠山が耳の穴をほじりながら声を尖らせた。

「本当に雑音だらけの島だ。虫唾が走る」

山下が「どういう意味かね」と、その場を代表して訊ねた。

「そのままの意味だよ。事情聴取では口をそろえて町長を褒めたたえておきながら、通夜の席になったら〝代わりがいる〟か。たいした二枚舌だな。この調子じゃあ、横田庄吉だって自然死かどうか怪しいもんだ」

「なんと無礼な……故人の前だぞ、わきまえろ！」

「さっきまで決起集会を開いてた人間に〝わきまえろ〟なんて言われてもなあ」

「きっ、貴様！」

摑みかかろうとする山下を、真一郎が背中に抱きついて止めた。

「ちょ、ちょっと！　先生もみなさんも落ちついてください！」

「……お前、どっちだ」

島民のひとりが真一郎を睨めつけ、酒くさい息を吐いた。

「真一郎はどっちの味方なんだ。島か、こいつらか」

「いや、僕は……かさぶたに……」

畠山が焼香台を蹴飛ばさんばかりの勢いで立ちあがる。

「勝手にやってろ。敵だの味方だの、つきあいきれるか」

言い捨てるや、青木とともに出口へ向かう。

玄関の戸が乱暴に閉まっても、口を開く者は誰ひとりいなかった。

ただひとり――遺影の庄吉だけが、にこにこと微笑んでいた。


こっそり横田家を抜けだし、真一郎は夜の道を走った。

遠くに畠山と青木の後ろ姿をみとめるなり、「あの！」と自然に叫び声が漏れる。

立ち止まるふたりに向かって、新米巡査は深々と頭を下げた。

「さっきは、すいませんでした」

このままにはしておけなかった。自分は明日も明後日も、もしかしたら次の日も、彼らと顔をあわせるのだ。禍根を残したままでは、とても神経がもたない。

「どうか、島の人たちを恨まないでください。いろんなことがありすぎて、みんな気が立っているんです。別に悪気はないんです」

畠山が頭をぼりぼりと掻き、道に唾を吐いた。

「悪気以外になにがあるんだ。この島の連中を見てると、俺のふるさとを思いだすよ。

身内以外は敵だと決めつけ、おのれを省みずに傷を舐めあい、やがては自滅していく。故郷もそうやって廃村になったよ。ルールも常識も自分たちの都合で決める最低なクソ田舎だった。あの村が嫌いで、俺は法を重んじる刑事になったんだ」

相槌《あいづち》を打っていいものか判じかね、真一郎はさらに釈明を重ねた。

「もとからこんな島だったわけじゃないんです。ここ数日おかしいんです。まるで……死んだ小御坂の悪意が感染しているみたいな……死体が発見されれば、島の人たちも落ちつくとは思うんですが」

「……へえ」

畠山の目の色が変わった。真一郎へ近づき、顔をまじまじと見つめる。

「青木、先に本部へ帰ってろ」

「え、畠山さんは」

「守屋巡査と〈世間話〉をしてからすぐに戻る。行け」

訝《いぶか》しみながら青木がその場を離れていく。

遠ざかる背中を見送ってから、畠山は真一郎に改めて向きなおった。

「お前、どうして〝死んだ小御坂の〟なんて言ったんだ?」

「あ……いやその、溺れた可能性もあるかなと思ったんです。このあたりは潮の流れが変わりやすいので、泳いで逃げるのは難しい気がして」

「……なるほど、上手く誤魔化すもんだ。泉の教えか。それとも田辺か」

真一郎はなにも言わず、じっと俯いている。

「そうビビるなよ。実は俺も同意見なんだ。小御坂はすでに死んだと思っている。もっとも死因は水死じゃない。他殺だ」

さらに畠山がこちらに近づく。思わず真一郎は後退した。

疑われるようなそぶりは避けようと誓ったのに、無意識に退がってしまう。

「明確な殺意があったのか、不幸な事故だったのか……いずれにせよ小御坂は殺され、死体は隠された。そして、殺人には泉と田辺が関与している。それが俺の見解だ」

畠山が口を噤んだ。

沈黙が重い。叫びたくなるのを必死で我慢する。

「……ということで守屋巡査、捜査に協力してもらうぞ」

「協力……って、なにをすればいいんですか」

「ふたりのＤＮＡを採取する手伝いを頼みたい。吸ったタバコ、飲んだビールの缶、なんでもいい。あいつらが触れて、口をつけて、使ったものを俺によこせ」

「けど、圭太さんも純さんもタバコは吸いませんし、酒を飲んだコップはとっくに洗っちゃったし……」

「だったら、こうすりゃいいんだ」

畠山がおもむろに手を伸ばすと、真一郎の髪を引き抜いた。

「痛ッ」

短く叫んだ新米巡査を前に、不良刑事がポケットからビニール袋を取りだし、

「念のため、お前のＤＮＡも貰っておく」

見せつけるように、髪の毛を袋へ落とした。

「明日中にあいつらの毛髪か衣服、あるいは体液が付着しているものを持ってこい。もし拒んだら〝お前がどこかの誰かさんへ、捜査会議をスマホで中継していた〟と本部長に伝える。いずれにせよ泉も田辺も、お前も終わりだ」

一瞬で理解する。畠山が通夜の席に来た目的は自分だ。おもてに引きずりだして言質を取り、強引に証拠集めをさせるのが狙いだったのだ。

つまり――自分は捕らえられたのだ。もう逃げられないのだ。

震える真一郎を、畠山が真正面から見据えた。

「守屋……お前、さっき島の人間に訊かれてたよな。どっちの味方なんだって」

畠山は、冷たいのに熱い目をしていた。

狩人が獲物に照準を定めるときは、こんな目をするのだろうと悟った。

「おぼえとけ。俺たち警察は、正義の味方だ」

Ⅳ

「イチジクの下に埋める？」

コンテナを重ねながら訊ねた純の口を、圭太が慌てて塞ぐ。

「シッ、声が大きい。聞こえるだろ」

ふたりは、おそるおそる数メートル先の加奈へ視線を向けた。幸い彼女の耳には届いていなかったらしく、恵里奈と笑いながらイチジクを捥いでいる。

庄吉の通夜から一夜明けた今日、圭太は純に農園の手伝いを頼んでいた。

加奈には「数日収穫できなかったから、遅れを取りもどすのに人手がほしい」と説明していたが、もちろんそれはおもてむきの理由にすぎない。本当の目的は〈計画〉の相談である。

「つまり、この農園に死体を隠すってことか」

純が声をひそめ、自身の足元を指す。

「ああ、ここに埋めよう。畠山は明日も明後日も農園や純の倉庫を訪れるはずだ。俺たちを焦らせ、死体を防空壕へ運ぶよう仕向けるつもりなんだ。だからこっちは、その裏をかく。農園なら毎日いても怪しまれないし、すでに捜査も終わっている。県警がもう一度調べる可能性は低い。早いうちに移してしまおう」

「でも、運ぶ瞬間を目撃されたらアウトだろ。畠山は絶えず見張ってんぞ」

「大丈夫、あいつの目を逸らしておく計画はすでに考えた。上手くいけば、警察は島にいられなくなるはずだ。あの厄介な刑事も小御坂の死体もまとめて排除できる。純も協力してくれ」

「排除って、お前……」

「ねえ、圭太！」

絶句する純の言葉を繋ぐように、遠くで加奈が叫んだ。

「……呼んでるぞ。運んでおくから、行けよ」

純が段ボールを抱えなおして軽トラへ向かう。圭太は妻のもとに足を進めた。

「どうした、加奈」

優しく訊ねる圭太をしばらく見つめ、加奈が意を決した表情で話しはじめた。

「昨日からずっと考えてたんだけど、恵里奈と三人で島を出ない？」

「……なんだよ、いきなり」

「イチジク栽培なら本土でもできるでしょ？　苦労はあるかもしれないけど、イチからやりなおしても良いんじゃないかなと思うの」

「加奈、なにがあったんだよ。どうして、いきなりそんなことを」

「怖いの。とても怖いのよ」

そのひとことで理解する。加奈は畠山たちの嫌がらせに参っているのだ。連日の訪問に神経をすり減らし、ノイローゼ気味なのだ。

そっと妻の肩を抱き、圭太は「安心してくれ」と囁いた。

「詳しく言えないけど、警察はじきにいなくなる。そうすればもう怖くなんか……」

「違う！　怖いのはこの島よ！」

加奈が金切り声をあげる。声に驚き、恵里奈がオモチャで遊ぶ手を止めた。純もただならぬ気配を察し、遠くからふたりの様子をうかがっている。

「この数日で、島はすっかり変わってしまった。みんな、とろんとした顔で〝救世主だ〟とか〝団結しよう〟とか口にして、圭太にすべて背負わせているじゃない。なんだか、故郷がまるごと宗教施設にでもなったような気分なの」

「考えすぎだよ。島の人は、俺に期待してくれているんだ」

圭太の慰めにも、加奈から怯えの色が消える様子はない。

「いちばん怖いのは……圭太、あなたよ。怪我をしても理由を教えてくれないし、パトロールだと言って頻繁にどこかへ出かけるし……ときどき、圭太がまるで知らない人みたいに見えることがあるの。前とは全然目が違う。底なしで、まっくらな目をしてるの。それを見てると、私までおなじ目になりそうな気がして……」

「なに言ってんだ、俺はいつもと変わらないじゃないか」

「とにかく、もう厭なの！」

絶叫する妻の細い身体を抱きしめ、背中をさすりながら圭太は言った。

「なあ、合同葬儀のときに言ったこと、憶えているかい」

「……もちろん。忘れるわけないでしょ」


二十年前――船舶事故の合同葬儀当日、加奈は行方不明になった。

「両親を喪ったばかりだってのに、どこに行ったんだ」

「もしかして、あとを追うつもりじゃねえのか」

慌てふためく大人たちをよそに、純と圭太は遺族席を飛びだした。

もうこれ以上、誰も失いたくない――その一心だった。

島じゅうを探しまわること、およそ三十分。圭太は、ようやく橋の上に佇《たたず》む加奈の姿を見つけた。同級生は手すりをぎゅっと摑み、真下の汽水域をうつろな目で眺めている。

「……加奈」

圭太が近づいて呼びかけるなり、加奈の目から大粒の涙がこぼれた。

「悲しいのは俺も純も一緒だよ。さあ、最後にちゃんと見送って……」

「悲しいんじゃない……怖いのよ。お葬式が終わったら、私はひとりぼっちになっちゃう」

「違うよ。加奈はひとりぼっちなんかじゃ……」

「そんな嘘、聞きたくない！」

涙声で叫ぶと、加奈は橋の欄干に手をかけた。

「もう厭だ！　お父さんもお母さんもいないのに生きていたくない！　大切な人がいる場所に行きたい！」

飛びおりようとする加奈を背後から抱きしめ、圭太は背中ごしに訴えた。

「だったら、俺にとっての大切な人になってくれ！　俺は、これから加奈のために、俺たちの故郷のために生きる！　だから……そばにいてほしいんだ」

その言葉に身体の震えが止まり、呼吸が落ちついていく。

圭太の手をゆっくりほどくと、加奈が正面に向きなおった。

「お願い……約束して。ずっと、ずっとそばにいて」

圭太が無言で頷く。

加奈がそっと抱擁し——そっと唇を塞いだ。

「……あの日から、俺の思いは変わっていない。俺はずっと加奈を支え、島を守ることだけを考えてきた。いまでも俺は、加奈が、そしてこの島が支えなんだよ」

圭太が加奈の手を握る。すこし置いてから、細い指が握りかえしてきた。

「……わかった。もうすこしだけ、圭太を信じてみる。頑張ってみる」

指で涙を拭うと、加奈は無理やり笑ってみせた。笑顔を待っていたかのように、町内放送のクラシックが流れはじめる。

「大声をだしたらお腹空いちゃった。さ、お昼の準備しなきゃ！」

娘のもとへ歩いていく妻を見送ってから、圭太は自身の掌を見つめた。

汚れてしまった手。人の命を奪った手。

その手でいま、自分は愛する妻を抱きしめた。

だが、数日前のような後悔はない。自分には使命があるのだ。

まもなく計画が動きだす。これが成功すれば、すべては解決する。

大丈夫、何度も検討を重ねたが落ち度はない。絶対に上手くいく――。

おのれを奮い立たせようと、顔をあげる。

「……純」

親友が軽トラの前に立ち、こちらを見つめていた。

笑っているようにも、泣いているようにも見える表情で、純は静かにその場を離れていった。

V

駐在所まで数メートルの距離で、真一郎は足を止めた。

赤色灯の下に人影がある。西日に照らされ長く伸びた影。シルエットだけで、真一郎は来訪者の正体をすぐに悟った。

「母さん……」

「真ちゃん、おつかれさま」

立っていたのは、母の仁美である。

「どうしたの？」

「ちょっと……話したいことがあってね」

仁美が力なく微笑む。

庄吉の通夜で会ったときより、さらにやつれたように見える。若い時分はさぞ端整であったろうはずの顔には、いまや深い皺がいくつも刻まれていた。まもなく還暦を迎えることを加味しても、仁美は疲れ、老けこんでいた。

「話したいことって、なんだい」

「あのね……真ちゃん赴任するときに言ってたでしょ。〝駐在所は特地勤務手当が出るから、プレゼントしてほしいものを考えといてね〟って」

「ああ……そうだったっけ」

一ヶ月ほど前、赴任が決まったときに言った科白を思いだす。

駐在所は警官の自宅も兼ねているため、実家へは月に二、三度しか顔を出せない。それを知って落胆する仁美を慮《おもんぱか》り、とっさに口にしたのだ。

「悩みに悩んで決めたの。お母さん……新しいダウンがほしいな」

仁美が恥ずかしそうに、着ているダウンジャケットの裏地を翻してみせた。

母の日に、真一郎がなけなしのこづかいを貯《た》めてプレゼントしたものである。本人は「まだ着れるでしょ」と、頑なに捨てるのを拒んでいたが、すっかりとへたり、肘にツギを当てたジャケットは、お世辞にも暖かそうとはいえなかった。

「さすがに何年も使うとボロボロになっちゃって。だから、ねだってもいいかな」

「母さん、それをわざわざ言いにきたの？　そんなのお安い御用だけど、だったら僕が帰ったときに言えばいいじゃん」

「……伝えたかったのは、それだけじゃないの」

母の顔に翳《かげ》りがさした。

「真ちゃん、なにかあったでしょ」

どきりとする。

「最近様子が変だもの。着任式では吐いちゃうし、仕事のこともあんまり喋らないし。庄吉さんのお通夜で県警の人を追いかけたあとも、青い顔で戻ってきたし……」

「別に……なにもないよ。ちょっといろいろあったから、疲れてるだけ」

ことさらに明るい声で答えたが、仁美はにこりともしない。

「前も言ったでしょ、私はあなたの母親なのよ。世界でいちばんあなたを見てきた人間なのよ。息子が嘘をついてるかどうかなんて、すぐにわかるの」

ようやく悟る。ジャケットの話は、息子への不安を言い出せなかった仁美なりの気遣いだったのだ。

嬉しかった。申しわけなかった。けれども——言えなかった。

「心配かけてごめんね。けれど、本当に大丈夫だから」

「わかった……これ以上は聞かないから、これだけは言わせて。死んだお父さんが、あなたにどうして真一郎と名づけたか」

「何度も聞いたよ。真実の真、真心の真でしょ」

弁護士だった父は真一郎が一歳のときに病死している。それを機に仁美は故郷の猪狩島へ戻った。夫が遺《のこ》したのは雀《すずめ》の涙ほどの蓄えと、我が子の名前だけだった。

けれどもその話を母から聞くたび、真一郎は自身の名を誇らしく感じた。命を削って真実を追った父。その志を受け継ぐ自分が、ヒーローのように思えた。

けれどもいま、自分は真実からもっとも遠い場所にいる。

島のかさぶたどころか、膿になっている。

だが、すでにあと戻りはできないのだ。もう実行するしかないのだ。

島を守る、ただひとつの方法を。

「母さん。心配かけてごめんね。でも本当に大丈夫。嘘じゃないよ。なんたって、僕は真実の真一郎、真心の真一郎なんだから」

仁美が力なく笑う。顔には、ほんのすこし安堵の色が戻っていた。

「わかったわ……あなたを信じる。じゃ、ダウンジャケットよろしくね」

「うん、楽しみにしていて」


母の背中が見えなくなると、真一郎はさっそく作業に取りかかった。

商店で買いこんできた町指定のゴミ袋を丁寧にハサミで切りひらき、一枚ずつガムテープで駐在所の内壁に貼りつけていく。さらに四辺をぴっちりと目貼りし、隙間が汚れないよう注意をはらった。壁の養生を終えると、今度は床にビニールを貼っていく。こちらは剝がれ落ちてこないぶんスムーズに進んだ。

すべて貼るころには、うっすら汗をかいていた。湿った下着を替えてから制服を着なおし、目貼りしたエリアの中央にパイプ椅子を置く。

ポケットからスマホを取りだすと充電を確かめて、カメラアプリを起動させた。机に本を数冊積んでスマホを立てかけ、椅子がきっちり映るよう角度を調整する。

これで、すべての準備が整った。

あとは――実行するだけだ。

ホルスターから拳銃を抜くと、真一郎は録画ボタンを押した。

Ⅵ

「ですから私は町長の功績を讃《たた》えて、銅像を立てるべきだと思ってるんです」

「はあ、なるほど」

メモ帳にペンを走らせながら、青木は心底うんざりしていた。

町長補佐役である野毛二郎のもとへ事情聴取におとずれたのが、一時間ほど前。それから現在にいたるまで、野毛は庄司華江の功績をノンストップで語っていた。

はじめこそ青木も粛々と耳を傾けていたものの、まるで終わる気配のない美辞麗句に参ってしまった。畠山はとっくの昔に興味を失ったようで、ガムを嚙みながらあくびを連発している。不遜な態度に野毛が怒りだすのではとヒヤヒヤしたものの、本人は相手の様子などお構いなしで、歯が浮くような賞賛をいまも続けていた。

「ほかには庄司華江記念館とか庄司華江大観音とか。あ、庄司華江饅頭《まんじゆう》もいいなあ。町長の顔が入った饅頭を、イチジクに続く名産品として……」

「あの……もう遅いので、今日はこのへんにしましょう」

堪《たま》らずに弁舌を止める。ただでさえ貴重な時間をお喋りで潰されてはかなわない。思いの丈を語りきれず、野毛はあからさまに不満そうだった。

「そうですか……あ、じゃあこのあとお夕飯をご一緒しませんか。美味しいものを食べながら話の続きを……」

「お気持ちはありがたいんですけど、捜査がありますので」

やんわり断ったものの、野毛は聞く耳を持たずに勧誘を続けてくる。

「実は港の食堂が上等のイノシシ肉を隠し持っているらしいんです。いまの時期に猪狩のシシが食えるのは珍しいですよ。どうですか、この機会に」

「……いまの時期は、珍しい？」

畠山のガムを嚙む音が止まった。

「どういう意味です。イノシシはしょっちゅう獲れるんですよね。このあいだも田辺のところに一頭運びこまれたと聞きましたが」

「いやいや。猟期が決まってますから、いまは狩猟できないんです。それに先日のイノシシは車に轢《ひ》かれたやつでしょ。ああいうのは内出血してるから不味《まず》いんです。埋設処理するしかありません」

「埋設処理ってのは」

「死んだその場で土に埋めてしまうんです。最近はイチジクの肥料に使ったりしていますが、それでもわざわざ冷凍はしないですよ」

畠山が前のめりで訊ねた。

「念のため、もう一度確認します。田辺純の倉庫に運ばれたイノシシは彼が猟銃で仕留めたものじゃないんですね」

「……銃って、なんの話ですか？」

畠山が立ちあがった。

「青木、泉圭太の証言は嘘だ。あいつの傷はイノシシによるものじゃない。田辺が〝防疫のために冷蔵庫を開けられない〟と言っていたのもデタラメだ」

「じゃあ……冷蔵庫には、なにが」

「確認するしかないだろ」

礼も言わず、青木と畠山が玄関へ走り出す。

その姿を見送りながら——野毛はスマホの通話ボタンを押した。

「もしもし……ああ、そっちに向かったぞ」

倉庫が見えるなり、エンジン音に気づいて純が姿をあらわした。

門番よろしく、仁王立ちでドアの前に待ち構えている。威嚇のつもりか、手にはスコップが握られていた。

青木が車を停める。畠山が勢いよく助手席のドアを開けて走りだす。

「なんですか、毎回毎回いきなりやってきて」

ドアの前に立つ純が、低い声で唸った。

「冷蔵庫のなかを拝見させてください」

「前も言ったでしょ。部外者は立ち入り禁止だって……」

言い終わらぬうち、畠山が純からスコップを奪った。

「おい、待てよ！」

静止を振りきった畠山がドアを開けて倉庫へ飛びこむ。純が背中を追う。慌てて青木もあとに続いた。

まっすぐ冷蔵庫まで進むと、畠山が南京錠めがけてスコップを振りおろした。

金属音が倉庫に反響し、じゃらじゃらと音を立てて鎖が床へ落ちる。

「あんた、なにをするつもりだ！」

吠える純を一瞥しドアを開ける。流れだした冷気が頬に刺さるのも構わずに室内を覗きこむや、畠山は白い息を漏らした。

「……こいつか」

凍りついた空間のどんづまりに、ブルーシートで覆われた〈なにか〉がある。

大きさはちょうど、人間ひとりぶん。

「青木、あいつが逃げないよう見張っとけ」

「……はい」

小声で指示を受けた青木が、そっと純の隣に立つ。退路を封じたことを確認してから、畠山は一気にシートをめくりあげた。

「……なんだと」

シートの下には──イノシシの死骸が転がっていた。

「そんな……」

畠山が漏らしたと同時に、シャッター音が連続して鳴った。

純が、スマホのレンズをこちらにかざしている。

「不法侵入のうえに器物破損……これが警察のやり方かよ。あんたの上司はもちろん、マスコミにも今回の出来事は伝えさせてもらうからな。写真も送るつもりだ」

助手席に座るなり、畠山がダッシュボードを蹴りつけた。

さすがの青木も眉間に皺を寄せ、悔しげな表情を浮かべている。

「……私たち、嵌《は》められたってことですかね」

「ああ、野毛もグルだな。こっちがヘマをやらかすようにわざと誘導しやがった。俺たちが移動するのを見計らって、小御坂の死体を移したんだろう。もしかすると、横田の夫婦や医者のジジイ、ほかにも共犯がいるかもしれない」

「……まさか」

「いずれにせよ、このままじゃ情勢はどんどん不利になっていく。急ぐぞ」

「えっ、まだどこかに行くつもりですか」

「いずみ農園だよ。安心しろ、こっちには秘策がある」

「秘策って……無茶です。これ以上なにかあったら、本部長も庇《かば》えませんよ」

「だから行くんだろうが。ハゲの耳に入ったが最後、俺たちは捜査からはずされる。その前になんとしても証拠を摑むんだよ。ほら、早く車を出せ」

畠山が前を指し、発進させろと訴える。

けれども、青木はエンジンを掛けようとしなかった。

「畠山さん、どうしてこの事件にそこまで執着するんですか」

「……別に執着なんかしてねえよ」

「教えてください。なにか理由があるんですよね」

「うるせえな、さっさと出発しろ」

「お断りします」

青木がエンジンキーをはずし、ポケットに入れる。

「おい、なにしてる」

「納得できる理由を教えてくれないかぎり、車は出しません」

「……お前、鳴り物入りのエリートだと思っていたが、あんがい刑事には向かない性格だな。警察は縦社会だぞ。ちょっとは年上に黙って従え」

「不良刑事より百倍マシです。すこしは優秀な部下の言うことを聞いてください」

「この野郎……」

やがて、畠山が覚悟を決めたように長々と息を吐いた。

「小御坂睦雄を捕まえたのは俺だ。それは前に教えたよな」

「……はい」

「あいつの容疑は八歳の少女に対する暴行殺人だった。だが同時期、周辺では別の殺人も立て続けに起こっていたんだ。河川敷に住むホームレスが扼殺《やくさつ》され、徘徊老人が歩道橋から何者かに突き落とされている。弱い者ばかりを狙った犯行……俺はすべて小御坂のしわざだと睨んでいた。だが、県警はあいつに対し〈ロリコンの変態〉という固定観念を捨てきれなかった。どれほど主張しても捜査方針は変わらず、立件できたのは少女殺害だけだった」

ふいに、果実のような香りが青木の鼻をくすぐった。

イチジクの残り香だろうか。甘さと酸味が入り混じった複雑な薫香。まるで、畠山の心情を嗅いだような錯覚をおぼえる。

「ほかの殺人も立件できていれば、あいつはいまごろ十三階段をのぼっていたはずだ。つまり、鈴木賢司が死ぬことも、庄司華江が死ぬことも……もしかしたら、横田庄吉が死ぬこともなかった」

畠山がダッシュボードから足をおろし、頭を乱暴に掻く。

「裁判所で判決を告げられた瞬間、やつは声をあげて笑ったんだ。試合に負けて勝負に勝った……そんな高笑いだった」

車内に、きり、きり、と鈍い音が響く。

畠山の歯軋りの音だった。

「それ以来、あいつの笑い声が頭から離れなくなった。ざらついたノイズのような声が、いつもどこかで聞こえているんだよ。俺は、なんとしてもあの忌々しい声を消し去りたいんだ。そのためには、小御坂を捕まえなくちゃいけないんだ」

「……なるほど」

告白を聞き終えた青木が、静かにエンジンキーをまわす。

「畠山さんって意外と繊細なんですね。ちっとも似あいませんけど」

「青木……」

「確認させてください。畠山さんの見立てが正しければ、小御坂睦雄は死んでいて捕まえることは難しいんですよね」

「……ああ」

「けれども、小御坂のノイズが伝染した人間は逮捕できる。そうですよね」

「そのとおりだ」

「だとしたら、やることはひとつです。さっさと忌々しい声を止めて、似あわないナイーブなキャラを終わりにしましょう」

エリート刑事が、ギアを入れて思いきりアクセルを踏む。

タイヤを激しく鳴らしながら、セダンは夜の道を走りはじめた。


「おや、刑事さん。こんな時間までご苦労さまです」

畠山たちの登場に驚きもせず、圭太はあいかわらずの笑顔で招き入れた。

「そちらこそ、遅くまで精が出ますね」

「ええ。前もお話ししたとおりイチジクは土壌が命なんです。こうやって定期的に土を入れ替えて……」

「そんな能書きはどうでもいい」

畠山がおもむろに手首を掴んだ。圭太の顔色が変わる。

「腕の傷を見せてもらえるかい」

「なんですか、いきなり。イノシシの咬《か》み傷《きず》だと言ったでしょう」

「嘘はもう充分だ。見せろ！」

包帯をはずそうとする畠山の腕を振りはらい、圭太はふたりに向かって怒鳴った。

「なんなんですか！　こないだも、家に来て妻を不安がらせたそうじゃないですか。あなたがたの仕事は住民を脅すことじゃなく、犯人を見つけることでしょう！」

「そうだよ、だからお前のところへ来たんだ」

「今度は証拠もなしに殺人犯あつかいですか、ひどいもんだ」

呆れ顔の農園主をひと睨みして、不良刑事がスーツのポケットへ手を突っこんだ。

「……証拠ならあるぞ。ほら」

皺くちゃの紙を取りだし、圭太の眼前に突きつける。

「小御坂睦雄の履歴書だよ。事情聴取に来たとき、お前ん家《ち》の庭先で拾ったんだ。答えてくれ、なんでこんなものが落ちてるんだ」

「なんですか、それ。そんなの知りませんよ」

「だったら、こっちも記憶にないか」

今度は、反対側のポケットからタオルを引っぱりだす。

白の布地に、赤黒いシミが広がっていた。

あれは、ナイフでつけた傷を拭ったタオル――圭太は唾を呑んだ。

「庄司華江の遺体近くに落ちていた。付着していた血痕は、小御坂とも町長とも一致しない。なあ泉、野毛や山下を抱きこんで俺たちを欺こうとしたのは、たしかにいい作戦だった。おかげでこっちは八方塞がりだ。島民にも恨まれてろくな捜査ができやしない。だが、履歴書とタオルは想定外だったようだな。とんだ凡ミスだ」

答えられなかった。

履歴書など本当に知らない。タオルも、たしかあの場で処分したはずだった。

だとしたら、これはいったい――。

と、青木が色をなして畠山の前に立ちはだかった。

「畠山さん、そんなものがあったなんて聞いてませんよ！」

「当然だ、誰にも教えてないからな」

「無茶な捜査はともかく、遺留品を隠し持つのはさすがにルール違反です」

「肝心なのはルールを守ることじゃない。ルールを破ったヤツを見つけることだ」

「だからって……やりすぎですよ。看過できません！」

「安心しろ。この事件が終わったら、きっちり始末書を出してやる」

言い争う刑事たちを前にしながら、圭太はひそかに苛立っていた。

あの履歴書はなんだ。どうしてタオルが警察のもとにあるんだ。

考えられる答えは、ただひとつ——。

誰かが裏切っている。自分を陥れようとしている。

しかし、誰が。なんのために。

純、真一郎、横田夫妻、山下、野毛——事件に関わる人々の顔を思い浮かべたが、それらしき人物は思いあたらなかった。

焦るな、圭太。いまはこの場を遣り過ごすのが先決だ。

知らぬ存ぜぬで押しとおし、いったん追いかえすしかない。

大丈夫、計画はまだ破綻していない。落ちつけ、落ちつけ——。

深呼吸してから聞こえよがしにため息をつき、ふたりの会話を中断させる。

「すいませんけど、内輪揉めなら余所でやってください。あなたたちのおかげで、島はすっかりおかしくなった。お願いだから、いますぐ本土に帰ってくれませんか」

「俺だって一日も早くこんな島とはおさらばしたいんだ。だからさっさと教えてくれ。小御坂の死体はどこだ。町長を殺したのは誰だ。お前か、あの猟師か、それとも新米警官か。あるいは島民全員がグルなのか」

「あなた……無実の島民まで疑っているんですか。最低の刑事ですね」

「俺が最低だろうが最高だろうが関係ない。このタオルを鑑定にまわせばＤＮＡがわかる。お前から採取したＤＮＡと一致すれば……それで終わりだ」

「へえ……でもＤＮＡ採取って、身体検査令状か鑑定処分許可状がない場合は拒否できますよね。違法捜査をおこなう刑事に、協力するつもりはありませんよ」

勝ち誇る圭太の目を、畠山が直視した。

「よく調べてるもんだ。安心しろ、お前が提供しなくても策は打ってある」

畠山はそれきり口を噤み、こちらの出方をうかがっている。

心配するな圭太、策なんてない。お得意のブラフ、単なるハッタリだ。

自分に言い聞かせながら、畠山の目を見た瞬間――悟る。

狩人のまなざし。あるいは狼《おおかみ》の形相。

こいつは本気だ。なにかを摑んでいる。策を有している。

だとしたら、その策とはなんだ。なにをするつもりだ――。

衝動を抑えきれず、圭太は口を開いた。

「あんた、いったいなにを……」

だぁん――。

問いは、突然の轟音《ごうおん》にかき消された。

破裂音が空にこだましている。畠山が上を見あげ「銃声……だな」と呟いた。

「……田辺さんがイノシシを撃ったとか」

青木の言葉に、圭太が首を振る。

「音が聞こえたのは山じゃない。駐在所の方角です」

赤色灯が見えると同時に、青木がブレーキを踏んで車のスピードを緩めた。停まりきる前に畠山がドアを開け、駐在所めざして走りだす。

急いで路肩へ車を停める。運転席のドアを開けた直後、圭太が車を追いぬいていった。ビニールハウスへ置き去りにしてきたが、軽トラでセダンを追尾してきたらしい。

「守屋、守屋巡査！」

駐在所から畠山の連呼する声が聞こえていた。不安に胸が掻きむしられ、厭な想像が浮かぶ。杞憂であってくれと祈りながら、青木は所内へ踏みこんだ。

祈りは——無駄だった。

駐在所は真紅に染まっていた。壁いちめんに貼りつけられているゴミ袋。その表面には血しぶきが飛び散り、赤い水玉模様を作っている。

中央に置かれたパイプ椅子の脇に、真一郎が崩れ落ちていた。

開きっぱなしの瞳。血で凝《こご》った髪。床に転がる、ぐしょ濡れの制帽。

畠山が屈みこみ、真一郎の首に手をあてて脈をとる。同時に圭太が叫んだ。

「青木さん！　救急車を！」

「は、はい！」

震える手でスーツの内ポケットからスマホを取りだす。

ボタンを押そうとした瞬間——青木は違和感に気づいた。

どうして、彼は自分で一一九番に電話をかけないのだろう。スマホを忘れてきたのか、混乱しているだけなのか。それとも、別に目的があるのか。

とっさに圭太へ目を移し、彼のまなざしを辿る。

視線の先——事務机にスマホが立てかけてあった。

レンズはパイプ椅子の方角へ向けられている。

動画、自殺、遺言、告発、隠蔽。数秒のうちに単語が頭を駆けめぐった。

圭太がこちらを一瞬うかがってから、机へと歩きだす。

そういうことか——考えるより早く、青木はホルスターへ手を伸ばしていた。

「止まりなさい！」

拳銃を構え、圭太に向ける。

「守屋巡査は、そのスマホに遺言を残した。記録されているのは、命懸けで遺した真実なの。それに触れることは許さない！」

せいいっぱい声を張りあげる青木を見ながら——圭太は笑っていた。

いたずらが成功した子供を思わせる顔で、口角を歪めていた。

「なっ……なにがおかしい！」

叫んだと同時に、おもての路地で「きゃあ！」と声が聞こえた。

近所の主婦らしき女性が携帯電話をこちらに向け、シャッターを切っている。

「な、なにしてるんですか！　撮影をやめなさい！」

「なにって……銃声が聞こえたから駆けつけたんでしょ。あなたこそなにをしてるの。もしかして……あなたが真ちゃんを撃ったの？」

「違う、違うんです！」

否定する青木をよそに、主婦が大声で喚きはじめた。

「誰か、誰か来て！　真ちゃんが撃たれたわよ！」

主婦へ駆けよろうとする青木を、畠山が止めた。

手には真一郎のスマホが握られている。

「青木、もういい。ブツは確保した。まずは銃をおろせ」

その言葉で、銃口を向けたままの自分に気づく。

「畠山さん、私、私……」

「ああ。俺たちは泉にまんまと嵌められたんだよ。見ろ」

いつのまにか圭太はこちらへ背を向け、一一九番へ電話をかけていた。

「猪狩町駐在所で人が倒れてます。撃たれたみたいで……早く来てください！」

最後のひと声を絞りだした瞬間、圭太が横顔をちらりと覗かせる。

青木はその目で、たしかに見た。

彼はひとすじも涙を流さず、平然とした表情で話し続けていた。

Ⅶ

レンズを確かめる顔のアップが数秒映り、やがて人影が後退した。

制服を着た守屋真一郎である。手には拳銃を握りしめている。

パイプ椅子へ腰をおろし、制帽をなおしてから口を開く。

《……猪狩島のみなさん……そして、県警のみなさん。本当に申しわけありません。私は……嘘をついていました。小御坂睦雄と庄司町長は、僕が殺しました》

深々と頭を下げた所為で、一瞬ピントがずれて画面がボケる。

《赴任した初日……小御坂を見かけた僕は、初仕事のつもりで職務質問をしたんです。ところが小御坂にいきなり襲われ、揉みあいになって……気づいたら死んでいて。このままではマズいと思い、町長になんとかして揉み消してほしいと頼んだんです。ところが町長からは、自首するよう説得されて……拒んだら〝通報する〟と言われ……とっさにナタとスコップで……何度も、何度も……》

嗚咽でなにも言えなくなる。一分ほど経って、ようやく袖で涙を拭う。

《……僕はこの島が大好きでした。みんな優しい猪狩島が大好きでした。いつの日か、この島を守る人になろう。そう思って警察官になり、念願の駐在所に赴任して……それなのに……島の血を止める、かさぶたになりたかったのに》

深く息を吐いて拳銃を握りなおし、引き鉄に指をとおす。

《母さん……ダウンジャケット、買ってあげられなくて、ごめんなさい……ごめんね、本当にごめんね》

泣きじゃくりながら、銃口を咥《くわ》える。

銃声と同時に上半身が大きくのけぞり、レンズへ赤い水滴が付着する。拳銃が床に落ちる音と、血がビニールへしたたる音が続く。

およそ三分後——エンジン音が近づき、畠山たちがなだれこんでくる。

「……動画が動かぬ証拠とはな。洒落《しやれ》にもならねえオチだ」

スマホのちいさな画面を見終え、長田は両目を指で揉んだ。

捜査本部が置かれた漁業組合の事務室で、青木と畠山、そして長田の三人だけが動画を確認することになった。あまりの内容に長田がマスコミへの漏洩《ろうえい》を恐れ「ほかの捜査員には見せない」と判断したのである。

「被疑者死亡のまま、書類送検か。最悪の結末になっちまった」

「違いますよ」

畠山が机に両手をついて、長田にせまる。

「守屋に人を殺す度胸はない。あいつは誰かを庇って……」

なおも話そうとする部下を、長田が煙たそうに手で払った。

「遺言が残ってるんだ、これ以上どうしようもない。むしろ……問題は青木だよ」

畠山の隣に立つ青木が、姿勢を正す。

「無辜《むこ》の市民に銃を向け、その瞬間を撮影された。この意味はわかるよな」

「……はい」

「さっき、本庁から連絡が入った。青木、お前は懲戒審査にかけられる」

「わかっています」

「しかし部長、泉は証拠を消そうと……」

「無理だよ」

長田がポケットからのど飴の小袋を取りだし、中身を口へ放りこんだ。

「凶器も所持していない一般人がスマホへ手を伸ばした。それを、証拠隠蔽と思う人間なんかいねえ。帳場も明朝をもって解散になった。今回の捜査に落ち度がなかったか、警務部監察官室が動くそうだ」

警務部監察官室――警察官の不祥事や捜査の適法性について監査する組織だ。

通称、警察の中の警察。そこが「動く」ということは、捜査体制の一新を意味する。

当然、本部長も訓告か減給は免れないだろう。

「明日で解散ってことは……今夜はまだ動けるんですよね」

なおも食いさがる畠山を上目遣いに見て、長田が荒い鼻息を漏らす。

「時間切れだよ。ひと晩でなにができる。お前が言うとおり真犯人がいるとしても、俺たちはそいつに敗《ま》けたんだ！」

長田が飴をばきりと噛んだ。

わかっている、彼も警察官なのだ。悔しいのだ。

「まずは守屋巡査の現場検証が先だ。お前らは野次馬整理でもしてろ」

長田の指令に返事もせず、畠山が出口へ歩きだす。

と、ふいに足を止め、

「青木、先に行ってろ。俺はちょっと散歩してから向かう」

青木が返事をする前に、長田が飴のかけらを撒き散らしながら怒鳴った。

「おい畠山！　てめえ、勝手に捜査なんざ……」

「しませんよ。敗北宣言をしてくるだけです」

乱暴にドアが閉まる。直後、廊下の壁を殴る音が聞こえた。

どうどうと響く潮騒に、純の嗚咽が混ざる。

夜の船着き場で真一郎の死を告げてから、ずっと彼は泣き続けていた。

「なんでだよ……なんで、こんなことになっちまうんだよ」

かたわらの圭太が、震える肩にそっと手を置いた。

「安心しろ、純。死体はすでにイチジクの下だ」

「そういう問題じゃねえだろ！」

手を払いのけ、真っ赤な目で圭太を睨む。

「なあ……真には教えていたのか」

「なにを」

「こっそり死体を移動させて、畠山たちを騙す計画だよ」

「いや、秘密にしていた」

「どうしてだ。計画を知ってたら真は自殺なんかしなかった。あいつは、もう嘘をつけないと思って、俺たちを庇うために死んだんだぞ」

「だから言わなかったんだ。あいつなら、そうすると信じていた」

「おい……本気で言ってるのか？」

純の涙が止まる。圭太の表情に変化はない。

「おかげで助かったよ。あの刑事が、いろいろ摑んでいたからな」

「……お前、なにを言ってるんだ？　本当に、本当に圭太なのか？」

圭太が答えるより早く、革靴の音が近づいてきた。

「やっと見つけたよ」

のっそりと畠山が近づいてくる。

声にも、しぐさにも、いつもの野蛮さは感じられなかった。

「なるほど、波がうるさいおかげで雑音が気にならない。いい場所だ」

「なに呑気な口利いてんだ！」

純が拳を握りしめ、怒声を飛ばした。

「てめえのせいで……真は」

「殴りたきゃ殴れ。公務執行妨害なんてチンケなことは言わない」

手を振りあげたままの純を脇へ追いやると、畠山は圭太に向きあった。

「明日、本土へ引き揚げることになった。守屋の捜査は続くが、本部は解散だよ。泉、ホッとしただろ」

「ホッとしているのはそっちでしょう。このままだったら、県警の誰かが島民に殺されかねなかった。いや、逆に県警が殺していた可能性もある……待てよ」

演技めいたしぐさで、圭太が目を大きく見ひらく。

「まさか刑事さん……もしかして小御坂や町長を殺したのは、あなたじゃないんですか。だって、あなたが小御坂を最初に捕まえたんですよね。その憎い小御坂が逃亡したもんで、ここまで追ってきて殺害し、それが町長にばれたので、彼女も手にかけた。すべてを知った真ちゃんは、良心の呵責に耐えられなくなって……」

　圭太の推理を、畠山が鼻で笑った。

「名探偵さん、残念だが一から十まで間違いだよ」

「間違ってると言うなら、真が最後に撮影した動画を見せてください」

「なるほど……仲間が死んだってのにずいぶんお喋りだとは思ったが……さてはお前、怖いんだな。守屋が最期になにを言い残したか、不安でしょうがないんだな」

　純が驚きを隠さず、ふたりを交互に見遣る。

「おい、どういうことだ。撮影した動画ってなんだよ」

「なんだ、大親友から聞いてないのか。守屋は死ぬ前に遺言を撮影していたんだよ。動画はさっき確認させてもらった。あいつはすべてを自白してから逝った。当然、お前たちのこともすべて話してたな」

「嘘だ」

　畠山の言葉に、今度は圭太が鼻を鳴らした。

「真が俺たちのことを話していたとして、その内容が危ないものだったら、あなたは捜査員をおぜい引き連れてくるはずです。なのに悠長にひとりで来たということは、いまの発言はこちらを脅かすデタラメだ。どうです、違いますか」

「悪いが、俺の仕事は推理合戦じゃない。殺人犯の逮捕だ」

ぶつからんばかりの距離で獣が二匹、睨みあう。

仕留めるはずの猟師は、亡友の悲しみに打ちひしがれている。

「……もう一度だけ聞く。これで最後だ。お前が人でいられるかどうかの分かれ道だぞ、よく考えて答えろ」

黒いコートを羽織った獣が、唸る。

「小御坂の死体はどこだ」

「知りません」

即答する圭太を数秒見つめ、畠山は無言で駐在所の方角へ消えていった。

入れ替わるように、純が前へと立ちはだかる。

「圭太……なんで、なんで真がメッセージを残したと教えてくれなかったんだよ。お前、俺まで信じられなくなっちまったのか」

「純、大丈夫だ。真はなにも喋ってない。保証する」

「俺はそんな話を聞きたいわけじゃ……」

「圭太！」

畠山と反対の方角から、涙声の加奈が駆けよってきた。

すさかず純が背を向けて、ふたりから距離を置く。

「いま聞いたの。真ちゃんが……本当に？」

黙って頷くなり、加奈の目から大粒の涙がこぼれた。

「ねえ、なにが起きてるの？　なんで次々に人が死んじゃうの？　教えて、正直に話して！　私たち家族でしょ！」

「大丈夫、大丈夫だよ、加奈。もう終わる。もうすぐすべて終わるんだ」

「わかんない……なにを言ってるのか、全然わかんないよ」

泣きじゃくる加奈を強く抱きしめながら、圭太は立ち尽くす純へ視線を移した。

俺たちの勝ちだ——無言で告げる圭太の顔を、純は見ようとしなかった。

Ⅷ

駐在所を取りかこむ野次馬は、日が替わっても減る様子がなかった。

「下がって、下がって！」

「もう遅いので、帰宅してください！」

青木が声を張りあげる。補佐役の野毛も交通整理を買ってくれたものの、聞き入れる島民はほとんどいない。それどころか、ますます怒りに火がついている。

「おい、お前か」

ひとりの男が青木に詰め寄った。

「県警の女が真ちゃんを撃ったっていうじゃねえか！　お前だろ！」

「ち、違います！　それは誤報です」

「誤報なんかじゃないわよ！」

すかさず、あのとき撮影していた主婦が携帯電話を振りかざす。

「私はちゃんと見たんだからね！　ほら、このとおり写真だって……」

と、喚く主婦の背後から畠山が手を伸ばし、携帯を取りあげて地面に叩きつけた。

「ちょっと！　なにするのよ、泥棒！」

抗議の声などお構いなしに、畠山が携帯を何度も何度も踏みつけていく。

画面が割れて筐体《きょうたい》の破片が散らばった。異様な態度に圧され、周囲が静まる。

「そんなに知りたきゃ教えてやる。守屋巡査は自殺だ。この島のために死んだんだ。お前らの歪んだ正義が、あいつを殺したんだ！」

「……仰ることは、本当にそれだけですか」

静寂を、弱々しい声が破った。

人影が群衆を掻きわけ、畠山に近づく。

「あなたは……」

真一郎の母、仁美だった。

白いものが混じる乱れ髪。顔色は血の気が失せて、紙よりも白い。頬には乾いた涙の跡が残っていた。

よれよれのダウンを羽織った仁美が、さらに一歩、畠山に迫る。

「庄吉さんのお通夜にあなたが来てから、真一郎は様子がおかしくなったんですよ。息子だけじゃない。みんな、県警のせいで変になったんです」

畠山が無言で頭を下げる。

仁美は足を止めず、黒いコートに組みついた。

「真ちゃんを返して！　私のひとり息子を返して！」

剣幕に圧されて不良刑事が怯む。周囲の殺気が、いちだんと濃くなった。

「……真ちゃんのかたきだ、いまここで袋叩きにしちまおう」

「ひとり一発ずつ殴ろうぜ。そうでもしなきゃ気が済まねえよ」

「仮に島の人間が犯人だとしても……お前らには逮捕させねえからな」

住民の輪が、畠山と青木をじわじわ追いこんでいく。

その姿は、さながら巨大な魚群のように見えた。憤怒と殺意で意思の通じあった小魚たちが、二匹の鮫《さめ》を追いこんでいた。

このままでは、喰《く》われる——青木が腰の特殊警棒へ手を伸ばす。

正直、これでどうにかなるとは思えなかった。一対一なら容易に太刀打ちはできないが、これほどの人数とあっては怪我を負わせずに対処するのは難しい。むしろ、油断するとこちらが負傷させられかねない。怪我だけで済めば御の字だが、場合によっては最悪の事態も有り得る。

さあ、誰から来る。どこから襲ってくる。

覚悟を決めて警棒を握った——数秒後。

その場にいた住民の携帯電話が、いっせいに鳴った。

ひとりの女性がスマホを取りだすなり「えっ」と叫ぶ。

「……町長からのメールよ」

「なんだと」

畠山がそれを奪いとる。

液晶画面には、〈ハナエ・ダイアリー〉とタイトルが記されていた。

本文は、たった一行。

《ケイタガ　コロシタ　シタイ　イチジクノシタ》

「なんで……死んだはずの町長から」

「死体ってどういうこと？　イチジクって、いずみ農園の？」

騒然とする島民を見つめながら、青木が畠山に訊ねた。

「いったい、なにが起こったんですか？　これも泉たちの作戦ですか？」

険しい目つきのまま、畠山が首を振った。

「違う……これは告発だ。誰かが裏切ったんだよ」


「誰だよ！　こんなフザケたメールを送りやがって！」

ビニールハウスをめざして農道を駆けながら、純が叫んだ。

並走する圭太はなにも答えない。答えられない。

「おい圭太、死体を埋めるところを誰かに見られたんじゃねえのか」

「それはない。昭一さんと洋子さんに周囲を見張ってもらった」

純が足を止め、圭太の裾を摑む。

「じゃあ……あのふたりが裏切ったんだろ」

「バカ言うな、どうして横田さんたちがそんな真似をするんだ」

「理由なんか知るかよ！　いや、野毛かもしれねえ。山下先生だって怪しいぞ」

「落ちつけよ、純。みんな共犯なんだぞ。すべてが露見したら、あの人たちだって共謀罪に問われるんだ。ほかの誰かに見られていないか、もっと現実的な可能性を考えろ」

「現実的……罪に問われない人間……わかった。加奈だ」

「なんだと」

弾かれたように純へ飛びかかり、胸ぐらを摑む。

「加奈が俺を売るわけないだろ！」

「落ちつけ、圭太。このあいだ〝島を出よう〟と話してたじゃねえか。もしかして夫の犯行に気づいたのかもしれねえ。お前の言う〝現実的な可能性〟ってやつだ」

「バカバカしい。加奈を守るために俺は必死にもがいたんだぞ！　なのに」

純の言うとおりだとしたら——自分はいったいなにを守ろうとしていたのか。

摑んだ手から力が抜けた。膝が笑う。平衡感覚がおぼつかなくなる。

折れそうな心を必死に押し留め、圭太は深呼吸をした。

「冷静に考えよう。行方がわからなくなった町長の携帯からメールが届いた。つまり、携帯を持っている人物が犯人だ」

「でも、あのとき携帯を探してたのは真だぞ。あいつは、もう……」

うなだれる純の横顔を、圭太の視線が射抜く。

「そういえば……あの携帯がなくなったのは、お前の倉庫だったよな」

「おい……俺を疑うのか」

「それこそ現実的な可能性だろ。純、最後のチャンスだ。正直に言えよ」

今度は純が圭太のシャツを摑み、そのまま後方へ突きとばした。

「ふざけんな！　だったら調べろよ、気の済むまで俺を調べてみろよ！」

純がポケットからスマホや鍵を取りだし、尻餅をついている圭太へと投げつけた。圭太は避けようとしない。鍵が額にぶつかり、財布が肩にあたる。スマホはてんで明後日の方向に飛び、地面で大きくバウンドした。

投げるものを失った純が、心の叫びをぶつける。

「俺にとって、お前は光だったんだぞ。島を守るお前がどれほど輝いて見えたか。眩しかったか……そんな俺の気持ちを、お前はわかってんのか！」

「……わかってるよ。お前がなにを考えていたか、全部わかってるよ」

圭太がよろよろ立ちあがり、地面に落ちた品々を拾いあげてから――前を向いた。

「純……ありがとうな」

「お前……」

呆然とする純の脇を、圭太がゆっくりと横ぎっていく。

「まさか、自首するつもりか」

「いや、最後まであがいてみせる。計画は終わっていない。朝まで持ち堪《こた》えれば、県警の負けだ。もし逃げきれなくても……俺が勝つ」

そのまま歩きだそうとする圭太の行く手を、純が阻む。

「いまのはどういう意味だ。さっぱりわかんねえよ、ちゃんと説明しろって」

「純……」

親友を見つめる圭太のまなざしは、驚くほど穏やかだった。

紅蓮《ぐれん》の情熱はどこにも見えない。代わりに、青い火が灯っている。

ぞくりとするほど冷たく、けれども赤い炎より高温の焔《ほのお》が燃えていた。

「俺は、お前を本当に大切な仲間だと思っていた。それだけは忘れないでくれ」

食い下がる純をすり抜け、圭太が再び歩きはじめる。

ちいさくなっていく背中——その先に、無数の光が躍っていた。

Ⅸ

闇のかなたで、サーチライトを思わせる光線が動き続けていた。おおかた県警の懐中電灯だろう。いまごろは総動員で農園を捜索しているに違いない。

頼むぞ。そのまま朝まで無駄な努力を続けてくれ。

光の群れに祈りながら、闇へ一歩踏みだした直後——。

「よお」

背後からの声に、圭太は思わず振りむいた。

畠山がスコップを肩に担ぎ、こちらに手を振っていた。

「ウチの連中はみんなイチジクにくぎづけだ。空振りとも知らずにな」

「……どうして、ここに」

信じられなかった。いるはずがなかった。なにせここはイノシシの骨粉を混ぜた土の置き場なのだ。誰の目にも留まらなかった場所なのだ。

鼻をつまんだ畠山が、大股で土の山を避けながら近づいてくる。

「しかし、本当にくせえもんだ。ホトケさんが放置された現場そっくりの悪臭だぜ。このにおいだったら、死体があってもバレないだろうな」

「どうしてここに……なんで」

おなじ科白を絞りだすのがやっとの圭太を、畠山が真顔で見据えた。

「お前、最初に会ったとき〝イチジクは土壌が命だ〟と言ってただろ。あの言葉がどうも気になって、調べたんだよ。捜査のあいまに化学や農業の専門書を読むのは、なかなか骨が折れたぜ」

言いながら、畠山が土で汚れぬようズボンの裾をまくる。

動作こそとぼけているものの、その動きには一分の隙もない。いつのまにか、圭太を摑める間合いに立っていた。

「イチジクってのは石灰量の吸収が多いから、酸性の土壌を嫌うんだってな。だが、死体を埋めると土壌は酸性になる。とりわけ腐敗すると酸化作用が強くなっちまう。フランスへ研修に行くほど勉強熱心なお前が、それを知らないなんてありえるか？　島の未来を託す大切なイチジクを、むざむざダメにするか？　つまり、埋めるならここしかない。悪臭もごまかせるし、腐敗も進みやすいからな」

畠山が目の前にせまっても、圭太は動けなかった。

「どうする、一緒に掘ってみるかい」

猟犬の顔をした刑事が、スコップを土に刺す。

「……その必要はありません」

「それは、自白と考えていいんだな」

沈黙で答える。

畠山がゆっくりと腰の手錠をはずし、圭太に嵌めた。

「泉圭太……小御坂睦雄ならびに、庄司華江の殺害容疑で逮捕する」

風向きが変わったのか――いつのまにか周囲には、潮騒がうっすらと響いていた。波音に背中を押され、圭太が膝をつく。その姿を見下ろしながら、畠山が呟いた。

「まもなく、ウチの連中が来る。その前にひとつだけ教えてくれ。あのメールは、本当にお前が送ったのか？　捜査の攪乱《かくらん》が目的だとしても、死んだ町長の携帯からあんな内容を送るのは自殺行為に等しい。お前ほどの策士が、そんな危ない手段を選ぶとは思えないんだがな」

「あんなものは知らない。俺の計画にはなかった」

「だとしたら町長の亡霊……いや、小御坂の怨霊か」

「いいえ……きっと、あれは島の復讐《ふくしゅう》ですよ」

「……供述調書には書けそうもない話だな。最後だ、聞いてやるよ」

畠山が言うと同時に潮騒が止む。入れ替わるように、サイレンが近づいてきた。

「俺は、小御坂の毒がまるで瘴気のように島へ広がったんだとばかり思っていました。悪意が伝染し、みんなの心がおかしくなったんだ、それを消し去り、島を守ることが俺の使命だと信じていたんです。でも……それは間違いだった」

ゆっくりと圭太が立ちあがった。畠山は手を貸さず、闇を睨んでいる。

「みんなに感染したのは……俺の夢です。〈島を守る〉という俺の夢に、金や地位や保身……いろんな人のノイズが混ざって、俺も純も真一郎も、そのほかの人も……全員がおかしくなっていった。島はそれを許さなかったんだ。捻《ね》じまがった夢に取り憑かれ、自分の欲望を満たそうとした俺に、島が制裁を下したんです」

「……なるほどね。同意はできないが、納得はしたよ」

それきり、畠山はなにも言おうとはしなかった。

無数のパトランプが、夜の空を赤く染めながら迫ってくる。

その光に照らされて、こちらへ走ってくる人影が見えた。

「……加奈」

駆けよってきた加奈が、手錠を見るなり膝から崩れ落ちる。

「圭太……どういうことなの。あのメールはなんなの？」

「ごめん……いずれ、きちんと話すよ。まずは恵里奈を、この島を頼む」

「さ、そろそろ行こう」

畠山が、穏やかに告げる。

促されるまま、圭太は闇を切り裂く赤い光のなかへ歩いていった。

X

「驚愕のニュースが飛びこんできました！　人気女優の佐野明日香《さのあすか》さんと、参議院議員の西原良太《にしはらりょうた》氏が不倫関係にあると、今日発売の週刊誌が報じたのです！　報道によれば、ふたりはともに家族があるダブル不倫で……」

中華料理屋の壁に据えられたテレビで、女子アナウンサーが絶叫している。

「あれ、この人って猪狩島に来てましたよね。ほら、生中継で」

青木の言葉に、畠山がラーメンを啜っていた箸を止める。

「わかんねえよ。どいつもこいつもおなじ顔に見える」

「畠山さん、そういうの疎いですもんね」

「犯人のツラ以外はすぐ忘れるんだ。興味がない」

再びラーメンをひとくち啜ってから、畠山は息を吐いた。

「……ま、忘れっぽいのは世間も一緒か」

泉圭太の自供から一ヶ月。あれほど騒いでいたマスコミも世間も、いつのまにか猪狩島の話題を口にしなくなった。

〈猪狩島連続殺人事件〉は、泉圭太の自白によりあっけなく幕を下ろした。

被害者の小御坂睦雄が保護司を殺害していたこと、加えてその死が半ば事故だったこともあり、世間はおおむね圭太に同情的だった。最後に見たニュースでは、野毛の音頭で島民全員が減刑の嘆願書を提出する予定だと報じていた記憶がある。

青木が中華丼をレンゲで口に運びながら、畠山に訊ねる。

「島はいまごろ、平穏を取りもどしてますかね」

「そんなわけあるか。あれだけの人間が死んで、以前の暮らしに戻るなんて無理だ。一見おなじように見えても変化は免れない。猪狩島が明るく清らかに戻っていたら、それこそどこかが歪んでいる証拠だ」

丼を両手で抱えてスープを飲み干すと、畠山はもう一度ため息をついた。

「まったく……あの島にもう一度行くのが憂鬱だよ」

「え、もしかして畠山さん、まだ粘るつもりですか。でも、泉は自分ひとりの犯行だと供述していますよ。捜査本部も解散したのに、いまさら行っても……」

「ああ、どうしようもない」

ごとん、と音を立てて丼を置き、〈猟犬〉が唸った。

「だとしても、あいつには噛みついておかなきゃ気が済まないんだよ」


玉砂利を踏む足音に気づいて、純は顔をあげた。

「あんた……また来たのか」

焚《た》いたばかりの線香の煙を掻きわけ、畠山がこちらへ近づいてくる。

「なんだよ、その驚いた顔は。刑事だって墓参りくらいするさ」

そっけなく言うなり、畠山は〈守屋家〉と彫られた墓の前に花束をどさりと置いて、手をあわせた。しぶしぶ、純も隣で瞑目《めいもく》する。

「……なあ、心が痛むか」

「当然でしょう」

「そうだよな。守屋だけは予定外だったもんな」

「だけって……あんた」

「俺はいまでも、お前が共犯だったと思っている」

合掌したまま、畠山は喋り続けた。

「いや、お前をいちばん疑っていた。田辺……お前は一見、喜怒哀楽の激しい人間に思える。でもな、俺は気づいてたよ。怒っても笑っても悲しんでもお前は目が一緒なんだ。感情の見えない、小御坂とおなじ目をしているんだ」

「残念ですが、俺は誰ひとり殺してませんよ。それはまぎれもない事実です」

「……なあ、お前はそれで幸せなのか？」

純はなにも言わない。俯いたまま、身体を小刻みに震わせている。

答えを待たずに、畠山は踵をかえした。


遠ざかる背中を見送るうち、我慢していた肩の震えが大きくなって——。

とうとう堪えきれずに俺は笑いだした。

「幸せだよ。なにせ、これほど上手く〈計画〉が成功したんだからな」

たしかに犠牲は多かった。

予想した以上に人が死に、多くの人間が不幸になった。

だが、それでも構わなかった。どんな結末を迎えようと、覚悟はできていた。

なにを失おうが、誰を喪おうが、ためらうつもりはなかった。

そしていま、雑音はすっかりと消えている。

あれほど俺を苦しめていたあの噪音《そうおん》は、もう聞こえない。

それは、長い戦いが終わったあかしだった。

鳴り響くクラシックに調子をあわせるように、俺は笑い続けた。

Ⅺ

よお。圭太。

元気か。ちゃんと映ってるかい。椅子に座った俺が見えるかい。

ビデオカメラなんていじったのは久しぶりだ、上手く撮れているといいんだが。

拘置所の飯はどうだ。最近は美味くなったらしいけど、さすがに島の料理よりは舌にあわないんじゃないか。もっとも、いまは味わう余裕なんてないだろうな。

そう、俺がこの動画を撮っている時点で、まだお前の裁判は終わっていない。

調べたところでは、ふたりを殺して死体を遺棄したとなると、最悪の場合死刑になるらしい。まあ、今回は嘆願書も出ているし、無期懲役あたりで落ちつくだろう。落胆はしていないよ。別に死んでほしかったわけじゃないからな。

お前が消えてくれれば、それで良かったんだ。

頭のいい圭太のことだ、もう気づいているんだろ。

そう……すべては俺が仕組んだ、お前を破滅させるための〈計画〉なんだよ。

あの刑事が拾った履歴書、船で見つかったタオル。町長からのメール……すべて、俺のしわざだ。唯一の誤算は、お前がイチジクの下に死体を埋めなかったことだが、あの刑事のおかげで助かったよ。あやうく〈計画〉が台無しになるところだった。


どうせだから、最初から説明しておこうか。

憶えてるかい、俺たちが小御坂睦雄と無人販売所で遭遇したときのことを。

あいつはあのとき、料金箱に丸めた紙クズを捩じこんでいたんだよ。

紙の正体は履歴書の入っている封筒だった。金と女と殺人しか興味のないあいつにとっちゃ、出すつもりのない履歴書なんてゴミにすぎなかったんだろう。

だが、俺にとっては違った。

たまたま料金箱を開けてそれを目にした瞬間、妙な直感が働いた。

だから俺は、こっそり紙クズをポケットへ隠したんだ。

帰宅するなり小御坂の名前をネットで調べて……ぞっとしたよ。娘を溺愛するお前なら絶対に雇わないであろう、人間の皮を被った獣だった。

そして、それがすべてのはじまりだった。

あいつの素性を知ったその瞬間、いつも頭のなかで描いていた〈計画〉が一本の糸で繋がったんだ。とても細いのに強靭《きょうじん》な、蜘蛛《くも》の糸だった。

小御坂が島をうろつけば、かならず騒ぎになる。そのタイミングで俺は「いずみ農園が雇った人物らしいぞ」と言いふらすつもりだったのさ。

噂が広まればお前への評価は一変し、あわよくばイチジクにまで風評被害がおよぶ。島民の信頼を失うばかりか、加奈との関係だって崩れるかもしれない……そう考えたのさ。ま、さすがに殺害するとまでは予想していなかったけどな。

稚拙な俺の計画に、お前はまんまと嵌まった。それどころか、ついには小御坂を殺すまでにいたった。

あの男が死んだ瞬間、俺は〝神様ってのは本当にいるのかもしれない〟と思ったよ。いや……俺の歪んだ願いを聞き届けてくれたってことは、逆に悪魔なのかもしれないな。どちらにせよ、予想以上の成果だったわけだ。

ついでに告白しておくと、お前が小御坂を殺したとき、俺は「自首しろ」と説得するつもりだった。そうすれば、一発でお前を島から排除できるからな。けれども、土壇場で俺は真一郎の提案に乗り、「隠蔽しよう」と告げることにした。

なんでかって？　そんなの決まってるだろう。

見たくなっちまったんだよ。

どこまでお前が堕《お》ちていくのかを。どれほど底なし沼であがき続けるのかを。我ながらあの判断は正解だったと思っているよ。だって、面白いようにお前は堕ちていったんだからな。たかだかテレビのために死体を隠し、華江オバちゃんを殺し、庄吉ジイちゃんの死を偽装し、最後は真まで見殺しにした。

正直に言えば、途中からはお前が怖くなっていた。こいつはどんな困難でも乗りこえちまうんじゃないか、本当に島を理想郷にするんじゃないかと恐ろしかった。

だが、最後の最後でお前は正気に戻り、罪を償う道を選んだ。もっとも、それも想定内だった。圭太ならすべての罪をひとりで被るはずだと確信していたからな。

こうして誰も殺《あや》めずに、俺は親友を破滅させたってわけだ。

それにしても、最後にお前が吐いた科白は傑作だったよ。「俺は、お前を本当に大切な仲間だと思っていた」だとさ。その仲間に嵌められた気分はどうだい。

俺は……最高の気分だよ。

ここまで話したんだ、特別サービスで〈計画〉の動機も教えてやろう。

俺のうしろ、壁に貼られている無数の写真が見えるか。

ピントが合ってないかもしれないが、それでも勘のいいお前ならわかるだろ。

そう、すべて加奈だよ。

全部俺が撮ったものさ。高校の入学式、成人式の振袖姿、恵里奈を産んだときの一枚もあるぞ。個人的には、港で撮ったスナップショットがお気に入りだ。

お前も、俺が子供のときから加奈に惚れていたのは知っていたはずだぜ。

あの事故の日だって合同葬のときだって、俺が加奈を抱きしめたかったんだ。ずっと俺が守ってやりたかったんだ。なのに、加奈はいつもお前を選んだ。

それでも……お前たちが結婚して島を出ていたら、俺も諦めがついたと思う。

けれども、お前は島を捨てなかった。

その気になれば本土の大学や会社にも、それどころか海外で活躍することさえ簡単にできたはずだ。実際、フランスまで行ったんだからな。

なのに、お前の根っこにはいつも島があった。前向きな夢があった。

それが、なによりも俺には耐えがたかったんだよ。

お前という光が眩しいせいで、俺は影になるしかなかった。

俺は俺として生きたいだけなのに、お前の存在がそれを許してくれなかった。

だとしたら光を消すしかないだろう。

すべてを影で覆い、空いた椅子に座るしかないだろう。

そうだよ、俺はこれからお前になるんだ。第二の泉圭太になるんだ。

島を救い、加奈を助け、やがて結婚する。恵里奈と三人で仲良く暮らしていく。お前が築こうとしたものも、守ろうとしたものも、すべて貰うつもりだ。

圭太、最後にもうひとつ教えておくよ。

お前に向けて喋ってはいるが、この動画を見せるつもりはない。いや、お前だけじゃない。誰も俺の告白を目にすることはないだろう。

この記録はな、自分自身への枷《かせ》なんだ。

雑音が聞こえなくなったいま、俺を支えるものはなにもなくなった。

そんな平和すぎる暮らしのなかで、いつの日か俺は油断してしまうかもしれない。気を許した誰かにうっかり口を滑らせるかもしれない。罪の意識に苛まれて、告白しようと悩むかもしれない。そんな気の迷いが生じたときは、この動画を観《み》て自分を戒めるつもりなのさ。

油断は破滅を招くと、お前が身を以《もっ》て教えてくれたからな。

不思議なもんだ。いまになって、お前や華江オバちゃんの気持ちがよくわかる。〈島を守る〉という理想は、とろけるほど甘美な魅力があるな。みんなが慕い、頼りにしてくる。そのうちに、本気で自分は救世主なんだと思えてきちまう。

そういえば、お前が出演したテレビ番組で、大学教授のオッさんが「イチジクは禁断の果実だ」とか言ってただろ。

あの発言は正しかったよ。たしかに、この実は一度齧ったら虜《とりこ》になる禁断の味だ。

だから、誰にも渡すつもりはない。俺が独占させてもらう。

イチジクも、加奈も、島の繁栄も、貪りつくしてやる。

お前は塀のなかで、せいぜい二度と戻れない故郷を思いながら生きてくれ。

それじゃ……そろそろお別れだ。


なあ圭太、わかっただろ。本当に勝ったのは俺なんだよ。

エピローグ

「お、なんの絵を描いてんだ？」

イチジクが詰まったコンテナを地面に置き、純が恵里奈へ訊ねる。

けれども恵里奈は返事をすることなく、黙々と画用紙にクレヨンを走らせていた。

脇では、加奈が無言でイチジクを収穫している。

真っ白な画用紙が、赤や黄色に染められていく。

さらさら、さらさら——クレヨンの音だけが、いずみ農園に響いていた。


圭太が逮捕されてから三ヶ月、島はようやく落ちつきを取りもどしつつあった。

幸いイチジクの出荷量は大きく減らず、おかげで主を失った農園はあいかわらず忙しかった。加奈は当初こそ「独りでなんとかする」と渋っていたが、結局は手がまわらなくなり、いまでは純が毎日のように手伝っている。

だが正直なところ、加奈も恵里奈も純に心を開いているとは言いがたかった。

加奈には「いつでも家に来てくれ」と合鍵を渡しているが、来訪する気配はない。

けれども純は落胆していなかった。あれほどの出来事があったのだ、ふたりとも傷を癒す時間が必要なのだろうと楽観視していた。

そう、時間が経てばすべては癒える。心配などいらない。

なにせ――もう圭太はいないのだから。

自分の言葉に、思わず笑みがこぼれる。

加奈の性格を考えれば、犯罪者の妻という立場にそう長くは耐えられるはずがない。こうして手伝ううち、かならずや純に弱音を吐き、本心を吐露する。葛藤しつつも夫の親友に惹かれ、最後は新たな伴侶として受け入れる。そう確信していた。

まもなく俺はすべてを手に入れる。愛する人も、あたたかな家庭も、この島も――。

「ねえ、純」

突然声をかけられ、慌てて笑顔を消す。いつのまにか加奈が後ろに立っていた。真正面から話しかけられるのは、ひさびさだった。

「実は……このあいだ、圭太の面会に行ってきたの」

「へ、へえ」

出荷のために本土へ行くとは聞いていたが、拘置所へ行ったというのは初耳だ。

「……あいつ、元気だったか」

「ええ、前よりは痩せてたけど、あんがいしっかりしてたわ。こっちも、いろいろ確認しておきたいことがあってね。でも、全部聞けてスッキリした」

「そうか……そりゃ、良かった」

無意識のうちに拳を握りしめ、ちいさくガッツポーズを作る。

間違いない——離婚届を提出しに行ったのだ。別れを告げたのだ。

「確認って……まさか」

興奮を押し殺しながら訊ねた純へ、加奈がスマホの画面を向ける。

「町長のメール、憶えてる？　ほら」

《ケイタ　コロシタ　シタイ　イチジクノシタ》

「これが……どうしたんだ」

予想外の展開に、そう答えるのがやっとだった。どうしていまさらこんなものを蒸しかえすんだ——喉元までせりあがった科白を、ぐっと呑みこむ。

加奈が顔を伏せ、スマホをじっと見つめながら呟いた。

「私、不思議だったの。このメールを送った人は、なんでこんなことを書いたのか」

「そりゃ……告発だろ。圭太の罪を見過ごせなくて」

「まだ気づかない？」

加奈がおもてをあげる。その顔に、先ほどまでの微笑はない。

「だって、あの男の死体はイノシシを混ぜた土に埋められていたのよ。つまり、イチジクの下に死体があると思っていたのは、圭太から話を聞いた人間……」

あなただけなの、純。

その言葉を待っていたかのように、町内放送が流れはじめた。

「やっぱり夫婦なのね。圭太も、あなたを疑っていたんですって」

「……いつから」

「町長を殺した直後だって。町長の携帯が行方不明になったとき、あなたは〝履歴が残るから鳴らすな〟と怒ったんだってね。でも、よく考えたらそれって変でしょ。履歴が残ったとしても、その時点では町長が死んだことは誰も知らないんだもの。むしろ〈町長が死んだと知らずに連絡した〉ってアリバイになるじゃない。それで困る人はいないの。たったひとり……携帯をひそかに持っている人間」

加奈は頷きもしなかった。

「たったひとりを除いて」

「電話するなと言ったのは、ひそかに隠していた携帯電話が鳴っちゃうからでしょ。圭太はその時点で、あなたを怪しんでいたの」

加奈の説明を煽るように、ぶつ切れのアイネ・クライネ・ナハトムジークが、空を漂っている。言葉も、メロディーも、不快なのに止めることができない。

「それでも圭太は疑いきれなかった。履歴書やタオルを刑事に突きつけられても、まだあなたを信じていた。信じたかった。だから……最後に試したのよ」

「試した……」

「彼、あなたにだけ〝死体をイチジクの下に埋めるつもりだ〟と教えたの。圭太がイチジクにかける情熱を理解していたなら、その下に埋めるわけがないと、すぐにわかるもの。でも、あなたは圭太の言葉の意味に気づけず、メールを送信した」

最後の科白が脳裏に浮かぶ。

俺は、お前を本当に大切な仲間だと思っていた——。

純は悟る。あの言葉は本心だったことを。過去形だった、その意味を。

「……じゃあ、どうしてあいつは俺の計画を暴露しないんだ。それを証言すれば自分の罪が軽くなるかもしれないじゃないか」

加奈が笑った。泣いているような表情で、笑った。

「いかにも圭太らしい理屈よ。自分が手を下したのは、まぎれもない事実だ。だから、その罪は償わなくてはいけない。そして、ここまで汚れた手の人間が島の未来なんか築いちゃいけない……ですって。だから彼は、最後の最後で計画を変更したの。自分の代わりに、島を守る役目を私へと託したの」

クラシックが終わる。静寂があたりを包む。

クレヨンの音だけが、どこかで聞こえている。

「純、ひとつお願いがあるんだけど」

加奈が抑揚のない声で言った。

なんだい——努めて明るく答えようとした科白は、声にならない。

息を詰まらせる〈親友だった男〉を一瞥し、〈妻になるはずだった女〉が告げた。

「島を出て。二度と帰ってこないで」

「もし……嫌だと言ったら」

「自白した動画を公開する」

間髪を容《い》れずに加奈が答えた。

「お前……勝手に家へ入ったのか」

「あら、合鍵を渡して〝いつでも訪ねてきてくれよ〟なんて鼻の下を伸ばしていたのはそっちでしょ。言っとくけど動画はコピーしたから、いまさら廃棄しても無駄よ」

「島を出ろって……俺がいなかったら、農園は持たないぞ」

なんとか絞りだした抗いの言葉を、加奈が冷ややかに笑いとばす。

「新しい町長の野毛さんがいろいろと手をまわしてくれたおかげで、来年は無事に交付金が支給されそうなの。山下先生も横田さんも、ほかのみんなも喜んでる。農園再生に協力すると約束してくれたわ。それで私も覚悟を決めたの。圭太が夢に描いた島を作る。あの人の理想は私が受け継ぐ。勝ったのは……彼なのよ」

すでに加奈の目は純から逸れ、イチジクの幹に注がれている。
視線の先にある樹皮を、一匹の芋虫が這っていた。
カミキリムシの幼虫。禁断の果実がみのる樹《き》を、内から食い荒らす害虫。
「だから、夢のためには」
そう言いながら、加奈は乳白色の胴体をつまむと――指でゆっくり押し潰した。
ちいさな音を立てて芋虫が破裂し、ねばついた体液が白い指を濡らす。
「邪魔なものを、すべて排除しなくちゃね」
汚れた指を見つめてから、加奈がこちらを向いた。
あの目だった。
小御坂とおなじ、華江とおなじ、そして圭太とおなじ目だった。
瞬間――クレヨンだと思っていた音が、耳の奥で聞こえていることに気づく。
ざらざら、ざらざら。
軽やかだったはずの音は、いつのまにか忌まわしい響きに変わっている。
終わらない雑音《ノイズ》が、純のなかで再び鳴りはじめていた。

本書は、映画「ノイズ【noise】」（監督：廣木隆一、脚本：片岡翔）をもとに、集英社文庫のために書き下ろされた作品です。

この物語はフィクションであり、実在の個人・団体・事件などとは一切関係ありません。

集英社文庫
黒木あるじの本

掃除屋《クリーナー》 プロレス始末伝

依頼された相手をリング上で制裁する「掃除屋」。藤戸が裏稼業をするのは、今なお意識が戻らない親友のためだった。背中で語る男の生き様に震えろ。

集英社文庫
黒木あるじの本

葬儀屋《アンダーテイカー》
プロレス刺客伝

梶本が付き人を命じられたのはふざけたファイトで不評を買うサーモン多摩川。実は実力者という噂を信じ特訓につきあうが……。ド迫力のプロレス小説。

集英社文庫　目録（日本文学）

木村元彦　争うは本意ならねど　日本サッカーを救った我那覇和樹《がなはかずき》と彼を支えた人々の美《ちゅ》らゴール
京極夏彦　どすこい。
京極夏彦　南極。
京極夏彦　文庫版　虚言少年
京極夏彦　文庫版　書楼《しょろう》弔堂《とむらいどう》　破暁《はぎょう》
京極夏彦　文庫版　書楼《しょろう》弔堂《とむらいどう》　炎昼《えんちゅう》
清川妙　人生のお福分け
桐野夏生　リアルワールド
桐野夏生　I'm sorry, mama.
桐野夏生　IN
桐野夏生　バラカ(上)(下)
久坂部羊　嗤う名医
久坂部羊　テロリストの処方
櫛木理宇　赤と白
久住昌之　野武士、西へ　二年間の散歩
工藤直子　象のブランコ　——とうちゃんと

工藤律子　マラス　暴力に支配される少年たち
窪美澄　やめるときも、すこやかなるときも
久保寺健彦　ハロワ！
久保寺健彦　青少年のための小説入門
熊谷達也　ウエンカムイの爪
熊谷達也　漂泊の牙
熊谷達也　まほろばの疾風《かぜ》
熊谷達也　山背郷
熊谷達也　相剋の森
熊谷達也　荒《あら》蝦《え》夷《みし》
熊谷達也　モビィ・ドール
熊谷達也　氷結の森
熊谷達也　銀狼王
雲田康夫　豆腐バカ　世界に挑み続けた20年
倉本由布　ゆめ結び　むすめ髪結い夢暦
倉本由布　迷い子の櫛　むすめ髪結い夢暦

倉本由布　夢に会えたら　むすめ髪結い夢暦
栗田有起　ハミザベス
栗田有起　お縫い子テルミー
栗田有起　オテルモル
栗田有起　マルコの夢
黒岩重吾　黒岩重吾のどかんたれ人生塾
黒川祥子　誕生日を知らない女の子　虐待——その後の子どもたち
黒川祥子　心の除染　原発推進派の実験都市・福島県伊達市
黒川祥子　8050《はちまるごーまる》問題　中高年ひきこもり、七つの家族の再生物語
黒木あるじ　掃除屋《クリーナー》　プロレス始末伝
黒木あるじ　葬儀屋《アンダーテイカー》　プロレス刺客伝
黒木あるじ　小説　ノイズ【noise】
黒木瞳　母の言い訳
桑田真澄　挑む力　桑田真澄の生き方
桑原水菜　箱根たんでむ　駕籠かきゼンワビ疾駆帖
源氏鶏太　英語屋さん

集英社文庫　目録（日本文学）

見城徹　編集者という病い
小池真理子　恋人と逢わない夜に
小池真理子　いとしき男《アダム》たちよ
小池真理子　あなたから逃れられない
小池真理子　悪女と呼ばれた女たち
小池真理子　双面の天使
小池真理子　無伴奏
小池真理子　妻の女友達
小池真理子　ナルキッソスの鏡
小池真理子　倒錯の庭
小池真理子　危険な食卓
小池真理子　怪しい隣人
小池真理子　律子慕情
小池真理子　短篇セレクション サイコ・サスペンス篇Ⅰ　会いたかった人
小池真理子　短篇セレクション 官能篇　ひぐらし荘の女主人
小池真理子　短篇セレクション ミステリー篇　泣かない女

小池真理子　短篇セレクション ノスタルジー篇　夢のかたみ
小池真理子　肉体のファンタジア
小池真理子　柩《ひつぎ》の中の猫
小池真理子　夜の寝覚め
小池真理子　瑠璃の海
小池真理子　虹の彼方
小池真理子　午後の音楽
小池真理子　熱い風
小池真理子　律子慕情
小池真理子　怪談
小池真理子　夜は満ちる
小池真理子　水無月の墓
小泉喜美子　弁護側の証人
河野美代子　新版 さらば、悲しみの性　高校生の性を考える
永田由紀子　初めてのSEX　あなたの愛を伝えるために
古沢良太　小説版 スキャナー　記憶のカケラをよむ男

小嶋陽太郎　放課後ひとり同盟
五條瑛　プラチナ・ビーズ
五條瑛　スリー・アゲーツ
小杉健治　絆
小杉健治　二重裁判
小杉健治　最終鑑定
小杉健治　検察者
小杉健治　不遜な被疑者たち
小杉健治　それぞれの断崖
小杉健治　水無川
小杉健治　黙秘　裁判員裁判
小杉健治　疑惑　裁判員裁判
小杉健治　覚悟
小杉健治　質屋藤十郎隠御用
小杉健治　冤罪
小杉健治　からくり箱　質屋藤十郎隠御用 二